そこまで塩分いりません

横田アサヒ

CONTENTS

人物紹介
さとう としお
佐東利雄
四ツ橋大学　経済学部一年生。18歳。
探偵事務所の息子だが、本人は平穏
な日々を望んでいる。
しかわ わたる
志川 渡
トラックに轢かれそうになっ
た利雄の母を救った命の恩人。
人当たりのいい美青年だが、
実は魂回収係。
CHARACTERS

まつながひろふみ
松永宏史
四ツ橋大学付属病院に勤務する医師。26歳。爽やかな好青年で、病院内でも人気。
ひのはらちか
桧原千佳
四ツ橋大学　経済学部一年生。18歳。明るく人当たりのいい性格。プロファイリングに興味がある。
おおくままさあき
大熊正彰
捜査一課の警部。43歳。利雄の父の友人。豪快でお人好し。
たかはしけんと
高梁健斗
四ツ橋大学　経済学部一年生。18歳。利雄の友人。お調子者だが空気は読む。
【イラスト】二宮悦巳

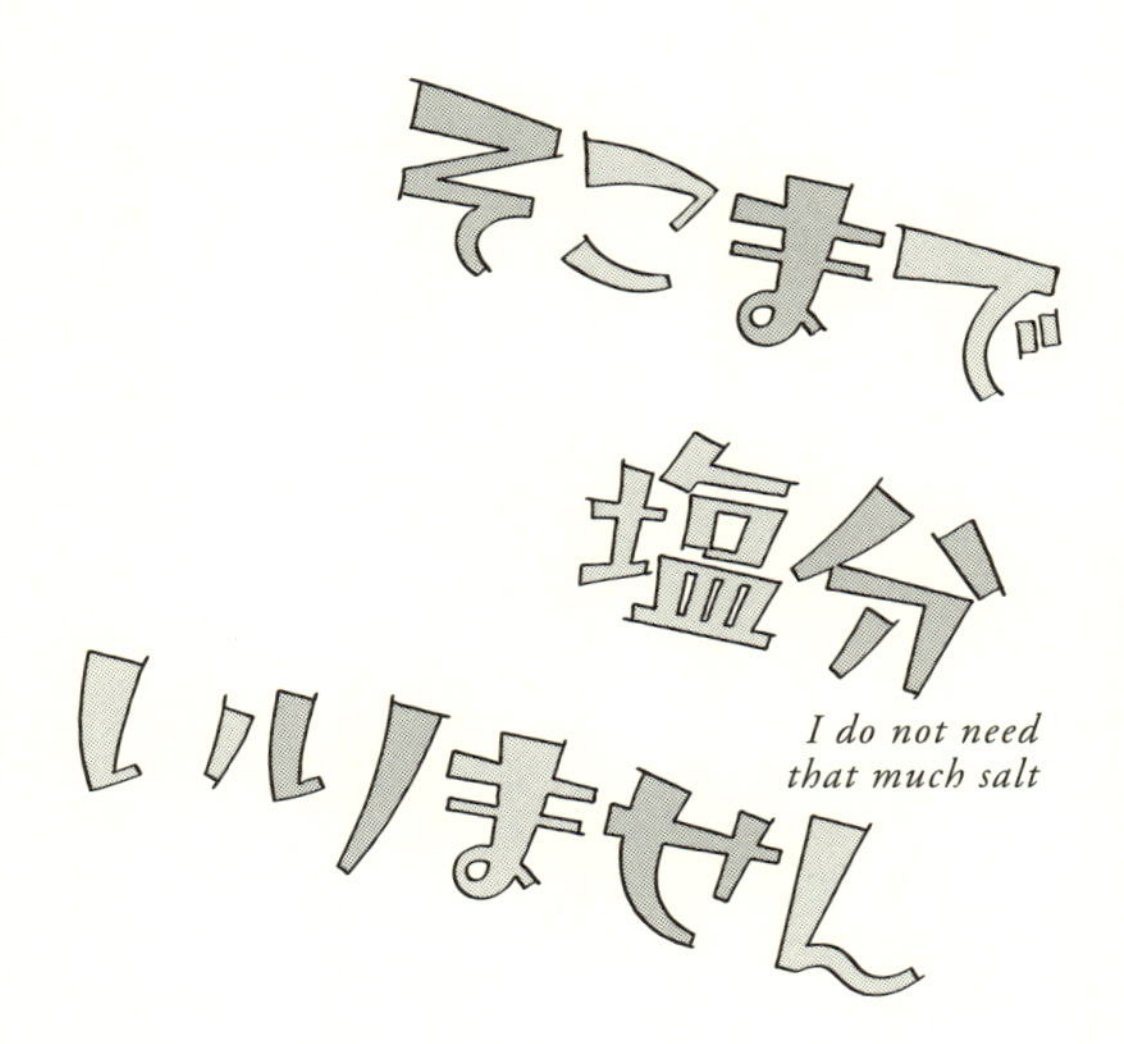
そこまで
塩分
いりません
I do not need
that much salt

プロローグ

忘れもしない、あれは小学二年生になったばかりの五月だった。

ひょんなことから親の職業の話になり、深く考えもせずに家は探偵事務所だと言うと、クラスの連中が、目を輝かせて俺を取り囲んだ。誰もが『カッコイイ』とか『なんか道具持ってきてよ』とか言い出した。中には『お父さんは何人くらい犯人捕まえたの？』と聞いてくるヤツもいた。

正直なところ、俺は困惑した。

実際の探偵なんてものは、そう事件に巻き込まれるような存在ではない。聞き込みが中心で、個人の素行調査、企業調査、人探しや物探しという地道な仕事だ。

小さな探偵事務所を開業した父親は元刑事だったという信頼を足がかりに、長い年月をかけてようやく地域に溶け込み、親子三人がそれなりに生活していくために稼いでくれているだけだ。それ以上のことでも、それ以下のことでもない。

小学二年生だった俺がそこまで理解していたわけではないが、それでもクラスメイト達の言葉が的外れであることくらいは分かっていた。

　だからこそ、すぐに俺は返した。

「それは作り物の探偵だよ」

　結果、大ひんしゅくを買った。

　そんなはずはないと、食い下がる連中はかなりいた。だけど俺だって引くつもりはなかった。何度も小競り合いになり、次第に彼らの興味は薄れていった――まるで新しいおもちゃが期待はずれだったかのように落胆しながら。

　飽きられるだけなら良かった。気が付けば『なんちゃって探偵』『ニセモノ探偵』など、理解できないあだ名を付けられていた時期もあった。それが発展して、いわれのない暴言を吐かれた時期もあった。

　何がなんちゃってだ。何がニセモノだ。

　お前らが言う本物って、日常でも旅の先でもしょっちゅう事件に巻き込まれて、颯爽とそれを解決するドラマとか小説とか漫画とかのアレのことか。

『犯人はお前だ！』とか『謎は解けた！』とか言う、ああいうのを指しているのか。

　それこそが作り物の探偵だ、と反論を試みたこともあったが多勢に無勢。気が付けば俺が嘘つき扱いだった。

　いつからか、俺は父親の職業を聞かれても『自営業』としか答えなくなった。別に父親の職が憎いわけでもないし、養ってもらっているのだから感謝だってしている。刑事のままでいて欲しかったとか、思ったことなんて一度もない。ただ俺は一般的な職に就こうと、心に決めていた。

平凡に生きたい。誰に突っ込まれることもなく、疎まれることもなく、普通の、ごくごく平凡な生活を送りたい。もう周りの言動に振り回されるのはまっぴらごめんだ。人から嫌われるのも、人を嫌うのも、争いを生むのだってごめんだ。

俺の本心なんて誰も知らなくていい。目立たない程度に周囲に溶け込んで、それなりに友達を作って、それなりに楽しい日々を過ごせればいい。

そんな俺が将来を考えた時、行き着いたのが国家公務員という選択肢なのは自然な流れだったと、俺自身は思っている。省庁内で人目にそれほど触れることなく働きたい。

幸いにも、努力すればそれなりの成績を取れる自分がいた。高校は控えめに言って上の下のランクだった。この春入学した大学だって控えめに言って上の中。

このまま勉学に励めば、国家公務員総合職だってもはや夢ではない。同じ学部で友人と呼べそうな相手もちらほらとでき始めた。

順調だ。理想的なまでに順調だ。

このままなんとなく一年が過ぎ、四年が過ぎ、国家公務員総合職の試験に合格して、安定した生活を送る。

なんて完璧なんだ。完全無欠、つまりパーフェクトだ。
俺の人生計画に狂いはない——はずだった。
ヤツが現れるまでは。

第一章

新緑も深まった五月半ば。月曜日の現代心理学の講義も、残り数分。二限目の枠ということもあり昼食のことでも考えるのか、皆どこかそわそわとし始めている。

　そんな周囲をよそに、俺――佐東利雄は教壇に立つ初老の教授の声に、真剣に耳を傾ける。まだ数回しか受けていないが、この講義はいつも興味深かった。冴えない顔をして冴えない服装をしている割に、桐生教授の語り口は人を惹き付けるものがある――と思っているのはどうやら少数派らしい。

　一般教養の単位を選ぶ際、迷わずにこの現代心理学を選んだ。桐生教授が犯罪心理学に詳しいと知っていたのと、授業計画、つまりシラバスで少しだけそっちにも触れると書いてあったからだ。別に将来警察官や臨床心理士になりたいと思ったわけではないが、多少興味があるのは、やはり元捜査一課の刑事だった父親の影響があるのかもしれない。

　今日も教授は児童期と思春期の心理的発達について説明しながらも、ところどころで犯罪者が過ごした幼少時代の例を挙げていく。おかげで、俺の頭にはすんなりと内容が入ってきてくれる。それほど心理学に興味があるわけではないけれど、元々少しだけある知識をなぞられているようで面白かった。

大学の試験がどのようなものかまだ想像も付かないが、それでもこの講義に限って言えば不安はほとんどない。

「もうこんな時間ですか」

時計を見た桐生教授が教本を閉じた。

「丁度いいので今日はここまでにします。来週は休講なので次回は再来週、青年期以降の心理的発達についてです」

待ってましたとばかりに皆が支度を始めた。むしろ半数以上は既に支度を終えていたのか、教授の言葉を聞くや否や、早々に講義室を後にしている。

俺も遅ればせながら鞄に筆記用具などを詰めていると、後ろから肩を叩かれた。

「なあ佐東、今日は学食じゃなくて、あのラーメン屋行かね？」

振り返ると同時に、高梁健斗が意気揚々と話しかけてきた。カットソーにジャケットという、それなりに流行を気にした無難な服装の、どこにでもいそうな大学生だと本人に言えば、きっと彼は『お前には言われたくない』と返してくるだろう。つまり俺も高梁も同類で、大学デビューなんてものを少しばかり意識した、ごくごく普通の大学生だ。

お互い顔つきは人様に不快感を与えるようなものではないが、通りすがりに振り返ってもらえるほど端麗(たんれい)なものでもない。普通でないところを挙げるとすれば、高梁も俺も一見平凡な苗字のようで、実は漢字が平凡ではないという点くらいだ。それをきっかけに打ち解けたのは言うまでもない。

「いいな、行こうか」

高梁と適当な飯屋を探していた時に偶然見つけたラーメン屋は、チェーン店や有名店ではないものの、しっかりとした魚介出汁(だし)が癖になる味だった。以来、週一回くらいは高梁と通っている。

「よっしゃ。実は俺、今日こそは炒飯(チャーハン)に挑戦しようと思っててさ」

「それ、二回くらい聞いたような気が」

「仕方ないだろ、ついついラーメン頼んじまうんだよ」

高梁は常にどことなく楽しそうだ。少々大げさな言動や行動が多いのは始まったばかりの大学生活に浮かれているのかもしれないが、とりあえず今のところいいヤツだと俺は思っている。

高梁の言葉に納得しながら再び鞄に荷物を詰めようと目を向けると、鞄の中で、入学前に新しくしたスマートフォンのお知らせランプが点滅していることに気が付いた。サイレントモードにしておいて良かったと思いながら、俺は携帯のロックを解除する。

飛び込んできた不在着信八件を知らせる通知に、思わず眉を顰(ひそ)めた。講義中の一時間半もの間にこれほどかけてくるなんて、一体どこのどいつだ。しかもこんな真っ昼間にかけてくるなんてよほど暇らしい。

しかし心の中で悪態（あくたい）をつきながら着信履歴を表示した途端、俺の手が硬直した。

「おい佐東、どうした？」

「悪い、ちょっと電話かけてくる。待てなかったら先行ってて」

「顔色悪いぞ？　大丈夫か？」

「うん、多分」

曖昧（あいまい）に答えた俺は、携帯だけを手にして立ち上がった。歩きながら着信履歴にある番号に折り返す。

呼び出し音が一回、二回、三回と鳴っても、応答はない。呼び出し音と俺の鼓動（こどう）が重なって大きくなり、周囲から響いてくる学生達の明るい声がかき消されていくような錯覚（さっかく）に陥（おちい）る。まるで、俺だけがどこか違う空間にいるかのようだ。

そんな中で不意にガチャッと受話器の外れる音がして、俺の意識は呼び戻された。慌てて口を開こうとしたが、耳に入ってきたのは機械的な留守番電話の応答だった。

電話の先は自宅兼、事務所だ。普段ならまず俺の携帯にかかってくることはない。それが昼間、しかも八回ともなれば尚更だ。おかげで先ほどからずっと、嫌な予感が消えてくれない。

事務所の定休日は明後日だし、張り込みや聞き込みがある日は俺も留守番などを頼まれたりすることがあるので、いつもカレンダーに印が付けてあるはずだが、今日は確か何も書かれていなかった。第一、つい三十分前にかけてきたのに今は出られないというのは、どういう状況なんだ。

募(つの)る不安を振り払うようにして、俺は普段あまりかけることのない父親の携帯番号をアドレス帳で検索した。一度息を大きく吸い込んでから、慎重に発信ボタンを押す。

呼び出し音が頭の中で響くような感覚は、すぐに出た父親の「利雄か？」という声に打ち消された。

「授業終わったか？」

意外にも電話から聞こえる父親の声は落ち着いていて、なんだか拍子抜けした。肩の力がドッと抜けていくのが分かる。どうやらただの杞憂(きゆう)だったようだ。

「さっき終わったとこ。電話、なんか用だった？」

電話先の父親に聞こえないように安堵のため息を吐いてから、俺は答えた。

「そうか、お疲れさん。いや実はな、母さんが交通事故に遭ったんだ」

「は？　え？　大丈夫なの？」

予想外の報告に思わず大声を出してしまったことに気が付いて、思わず俺は縮こまるようにして背中を丸めた。しかし幸いにも、周囲にとってはそれほど気になるような大きさではなかったようだ。

冷や汗をかきながらも、そんなことを冷静に考えられる理由は父親の声色にある。

「ああ、病院に来てついさっきまで母さんと話していたくらいだから、大丈夫だ。ひどい事故だったらしいんだが、幸い母さんは打撲と、足の指を骨折した程度で済んだ。それでも、いくつかの検査と簡単な手術が必要らしくてな。数日は入院になるそうだ」

母親に大事があったなら、父親は最初から落ち着いた口調で電話応答などできなかったはずだ。手術があるというのは心配だが、それでも骨折の手術だと考えれば、だいぶ気分はましになる。

「そっか、なら良かった……」

心底そう思いながら、胸を撫(な)で下ろした。

「それでな、慌てて病院に来たら、母さんの荷物をほとんど忘れてしまったんだ。利雄、面会がてらに届けてくれるか。必要な物のリストをメールで送るから」

「もちろん行くよ」

次の講義は統計学だが、出席にはかなり甘い方だ。それなら一人息子の俺が行かない理由なんてない。

「頼んだ。四ツ橋(よつばし)大学付属病院だから、もちろん分かるよな?」

「そりゃ」

　俺が笑ってしまった理由は簡単だ。四ツ橋大学はまさに俺の通っている大学で、その大学病院はこのキャンパスと四ツ橋駅を挟んで向かい側、徒歩十五分程度のところにある。俺は医学部ではなく経済学部だけど、場所くらいは知っている。

「だよな。病室は三〇四号室だ」

「でも一度家に帰ってからだと、少し時間かかるかも」

「手間取らせて悪いな」

「全然。それじゃ、また後で」

「ああ、よろしくな」

　電話を切って、まず額の汗を拭った。何を隠そう、俺は人一倍嫌な予感とやらの的中率が高い。だが、今回は幸いにも当てはまらなかったらしい。いや、ある意味当てはまっていたと言うべきか。

「お帰りさん」

　講義室に戻ると、携帯を弄っていた高梁が顔を上げた。そこでようやく、コイツを待たせていたことを思い出した。

「ごめん、高梁。俺今日は帰らないといけなくなった」

「マジ？　けどお前もまだ講義あんだろ？　大丈夫なん？」

　どうやら俺が待たせたことやラーメン屋に行けないことは、さほど気にしていない様子だ。付き合いは短いものの、こういう時に高梁がいいヤツだというのがよく分かる。

「ああ。でも統計だし、それに実は母親が交通事故に遭ったらしくてさ、病院に色々届けなくちゃならないんだ」

「うお！　マジで？　かーちゃん大丈夫かよ」

今にも立ち上がりそうな勢いで高梁が驚きの声を上げる。大げさな感はあっても、本気で心配してくれているのが伝わってくる。

「一応、骨折だけで済んだっていうから、大丈夫」

「そっか。良かったな。統計、俺はクラス違うし代返とかできんけど大丈夫か？」

「出席率はそんなに成績に響かないみたいだし、心配なのはノート取れないくらいかな。さすがに統計はノートないときつい気がする」

そうぼやいた時だった。

「佐東くん、良かったら後で私のノート見る？」

突然真横から響いたその声に、俺は驚きながらも視線を移した。

いつから話を聞いていたのかは分からないが、現代心理学でいつも近くに座っている同じ学部の女子、桧原千佳（ひのはらちか）が心配そうに俺の顔を覗き込んでいた。あまりにも顔が近くて、思わず俺は視線を僅（わず）かにそらす。

桧原さんは俺や高梁と同じく平凡な学生……と言いたいところだが、どちらかと言わなくてもかなり可愛い部類に入る子だと思う。

　肩まで伸びる髪が少し茶色がかっているのは、元から色素が薄いのだろう。その証拠に彼女の肌は抜けるように白いし、瞳だって薄い茶だ。平均より少しだけ低い身長も、小顔のせいか更に小柄に見える。

　何より印象的なのはその瞳だ。大きく円らな瞳は小動物のようで、なぜか分からないけどいつもキラキラと輝いていた。

　毎度まじまじと見ているわけではないが、彼女は自分に似合う服装を知っているかのようで、今日のチェックのシャツにデニムのショートパンツという姿もよく似合っている。すらりと伸びた足の眩しさに、俺は慌てて視線を桧原さんの顔へと戻した。

「えっと」

　そんな桧原さんの申し出に、俺は戸惑いを隠せなかった。

　それは何度かグループワークで話した程度の仲だからというより、普通以上に可愛い女子が気さくに話しかけてくれることに対する戸惑いと言った方がいい。

　俺は今までずっと共学だったし、もちろん女子と接する機会がなかったわけではない。ただやはり、彼女いない歴イコール年齢というのが響いているのだろう。

「あの、ごめんね。盗み聞きしてたわけじゃないんだけど、耳に入っちゃって」

　俺の態度を別の意味として受け取ったのか、桧原さんは申し訳なさそうに眉を下げる。

「いや、俺の話なんていくらでも聞いてもらってても構わなかったんだけど、降ってわいたありがたい提案に驚いてさ。なんていうか、桧原さんに後光が差して見えたよ」

「佐東くん、大げさだよ」

どうにか取り繕ってみると桧原さんは控えめな、けれど愛想笑いではない自然な笑みを浮かべてくれた。

「私で良ければいくらでもノート貸すから、安心して」

「ありがとう。凄く助かる」

可愛いのに性格まで良いとか、どれだけ彼女は前世で徳を積んだんだ。なんて、輪廻転生なんて信じていないくせに考えてみる。

「それじゃ、いつでも声かけてね」

「ほんと、ありがとう」

可憐な微笑みを浮かべながら去っていく桧原さんを少し呆けながら見送っていた俺は、横から脇腹を小突かれて我に返った。

「浮かれるのは分かるけどよ、早く行った方がいいんじゃね？」

「別に、浮かれてないって」

高梁に図星を指されて、思わず一つ咳払いをしてからなんとか答える。高梁はにやけた表情を浮かべているが、それ以上突っ込んでくるつもりはないようだ。

「じゃあ悪いけど行くわ。お前の昼休み、短くしてごめん」

「気にすんな。今日は適当になんか食うし、落ち着いたらラーメン行こうぜ」

「ああ。じゃあまたな」

挨拶もそこそこに、鞄を掴んで俺は駐輪場へと向かった。

自転車専用区域を抜けて辿り着いたのは、バイク用駐輪場だ。大きな大学だけあって、原付から大型まで様々な車種が並んでいる。中には珍しい車種や面白いカスタム車があり、ここを通るのは俺の密かな楽しみになっていたりもする。

もちろん今日は悠長に眺めることなく、一直線で自分のバイクのもとまでやって来た。ヤマハＳＲ４００、俺の愛車だ。黒いボディがクラシカルな雰囲気によく合っている。それほどスピードが出ないのはネックだが、前後輪ともにディスクブレーキへと変え、他にもメーターやマフラーなど細かいところに手を加えたカスタム車だ。俺一人の懐(ふところ)事情と人脈ではここまでできなかった。全ては父親の手助けあってこそだ。

バイクに跨(またが)ってから黒地に白いラインの入ったジェットヘルメットを被り、キックスタートでエンジンを始動させる。単気筒独特の音を周囲に響かせながら、まずは自宅に向かって出発した。

自宅まではバイクで三十分もかからない。電車でも通えるが、乗換えがあるので結局あまり時間が変わらないというのも、俺がバイク通学をする理由の一つだ。

真夏にも引けを取らない日差しを浴びていると、吹き付ける風は心地よかった。

「桧原さん、いい子だなあ」

エンジン音にかき消されるからこそ、俺は独り呟いた。

親切さを押し付けるような素振りもなく、あくまで自然体だったのもすごく好感が持てた。加えてあの見た目なら、さぞかしもてるはずだ。自分が桧原さん争奪戦に加われるような人間でないことは悲しい現実として理解している。それでも、同じ学部の学生としてほど良く仲良くしながら目の保養にさせてもらうくらいは許されるだろう。

講義も興味深いものが多いし、高梁もいいヤツだし、我ながら順調なキャンパスライフを送っていると思う。母親の事故には驚いたが不幸中の幸いと言える程度の怪我だったようだし、これからもきっと俺の人生は順風満帆(じゅんぷうまんぱん)に違いない。


母親が事故に遭ってから二日が経(た)った。

足の指の手術も昨日無事に終わり、今日は大学に行く前に父親と二人で病院に来ている。まだ退院はできないと聞いているので、二人揃ってバイクでやって来た。

主治医である飯野(いいの)先生の診察室に呼ばれるのを病室で待っていると、一つの足音が近付いてくるのが分かった。

「よう」

低い声で呼びかけられて、家族三人で一斉にそちらへ目を向けた。

「大熊(おおくま)、久しぶりだな」

父親がその声の主に近寄って、軽く肩を叩いた。グレーのスーツを着た、大柄で、顎ヒゲを生やした中年の男性は大熊正彰(おおくままさあき)という、父親の刑事時代の同僚だ。現在も警視庁捜査一課の現役で、家族ぐるみでの付き合いをしてもう十五年以上になる。俺にとって、親戚のおじさんのようなものだ。

「久しぶり、マサおじさん」

「おう、トシは元気そうだな」

マサおじさんに頭を軽く小突かれたが、痛くもないし毎度の挨拶のようなものだ。

「ありがとう大熊さん。でも忙しいんだから、わざわざお見舞いなんて良かったのよ」

「いやいや、やっぱり顔見ないと心配でね。そんな長居はできないんだが、せっかく近くに寄ったから顔だけ出しておこうと思って。これ、お見舞いだ」

マサおじさんは豪華なフルーツ盛り合わせを俺に向かって差し出した。軽く礼を言って受け取っておく。

「手術までしたっていうからたまげたが、大したことなくて良かったよ。美奈子(みなこ)さんの退院はいつになるって?」

「今から診察なんだが、昨日の時点では明日あたり退院できるんじゃないかって話だった」

「良かった。じゃあ、退院して落ち着いた頃に事務所にでもお邪魔するよ」

父親の返答に、マサおじさんは安心したように頷いた。

「ぜひそうして。腕によりをかけてご馳走するわ」

「そりゃ楽しみだ。美奈子さんの料理は天下一品だからな」

豪快な笑い声を上げるマサおじさんは、見た目と相まって大熊という名が本当に似合っている。しかしこの病室が四人部屋だと気が付いたのか、おじさんはばつが悪そうに軽く咳払いをした。

「じゃあ診察もあるってことだし、俺はこれで失礼するよ」

「なんだ、本当に顔出しに来ただけか」

「三人の元気そうな顔を見られただけで十分だ。それに仕事を抜け出して来てんだ、実は桐生教授を待たせててな」

「あの教授か、懐かしいな。なら、早く行った方がいい。けど、本当に近いうち遊びに来いよ。うちはいつでも構わないんだから」

「ああ、そうさせてもらう。退院したら知らせてくれ」

言うが早いか、足早にマサおじさんは病室を後にした。家に遊びに来る時も常にこうで、挨拶もそこそこに帰ってしまう。しかしそれは、それだけ彼が多忙だという証拠でもある。

「相変わらず、忙しいやつだ」

父親が色々な思いを込めて呟いたところで、病室の扉が軽く叩かれた。面会時間の間は開放されている扉だが、この病院では看護師さんが入室する際にノックするようだ。

「佐東さん、診察のお時間です。車椅子を用意しましたので、お乗り下さい」

「あら、すみません」

車椅子を押して現れたのは、看護師の大石さんだった。それほど美人というわけではないものの、大きい目が特徴的な女性だ。長い髪を後ろでまとめて、しゃれっ気はあまりないが、働き者で感じも良いと、母親や他の患者さんからも評判らしい。

「ご家族もご同行いただけますが、どうされますか?」

「一緒に行きます。利雄も来るよな?」

母親を車椅子に乗せながら尋ねられて、父親は間髪入れずに答えた。正直俺が行く必要もないと思うが、来て当たり前という態度を前にして断れるはずもない。そのまま流されるようにして、付き添いながら診察室へ向かった。

主治医の飯野先生は、五十代と思しき、少し気難しそうな雰囲気のあるベテラン医師だ。実際のところ、話し方はそっけないものの気難しいわけではなく、質問すればなんでも答えてくれるのだと母親が言っていた。今も親子三人でぞろぞろと診察室に現れたのにも関わらず、嫌な顔一つしないで淡々と母の状態を説明している。

レントゲンを見せられ、術後の経過についても説明された後、全治一ヶ月という診断が下された。松葉杖をつかなくても短時間であれば歩けるらしく、少しの時間なら立っていても問題ないとのことだ。今日は他の検査もあるために退院できないが、明日には確実だと言う。

そんな説明を診察室で俺も一緒に聞いて、ほっと胸を撫で下ろした。

「予定通りの退院になって良かったですね、佐東さん」

診察室を出てすぐ、これまで後ろで話を聞いていた若手医師が微笑みかけた。

「飯野先生や松永（まつなが）先生、それに看護師さん達のおかげですよ。ありがとうございます」

車椅子に乗っている母親がはにかんだのには理由がある。飯野先生の部下であるこの松永先生は、相当なイケメンなのだ。俺の想像する医師らしく清潔感に溢（あふ）れる爽（さわ）やかな好青年で、母親と同室の入院患者も皆、松永先生を少女のような目で見ている。しかしここまで美形だと、男の俺や父親からしても彼女達の態度に納得してしまう。

「そう言ってもらえると、疲れも吹き飛びます。帰りはご家族だけで大丈夫ですか？」

「もちろん大丈夫です」

「では、私はこれで一旦失礼します。後で車椅子を取りに行くように誰かに伝えますね。明日の退院前には、またご挨拶に伺います」

「そんな、先生もお忙しいでしょうし、気にしないで下さい」

「患者さんが元気に退院する時が一番嬉しいんです。むしろ、挨拶させて下さい」

笑顔で押し切られ、母親は何も言えなくなったようだ。

「では失礼します」

「はい、ありがとうございます」

頭を下げる母親に続いて、父親と俺も頭を下げた。

「本当に、いい先生だわ」

「そうだな。若いのに、気もよく利く」

「看護師さんも皆感じいいし、四ツ橋って評判通りね」

歩きながら、両親の会話が弾んでいく。俺が車椅子を押すつもりで付いてきたのだが、父親がやる気満々なので手を出さないでおこう。

「いい大学に入ったな、利雄」

「医学部じゃないけどね」

「あら、経済学部でも四ツ橋なら立派よ。けど、法学部も合格圏内だったのに、良かったの？」

「特別法学部でやりたいことがあったわけじゃないし、経済学部の方がつぶしが利くって言うからちょうど良かったんだって」

エレベーターホールでボタンを押してから、俺は軽く頬を掻(か)いた。

実際は、目立たない学部と言えば法学部より経済学部だろうという理由で選んだ。だけどもちろん、その理由は誰にも言ったことはない。こんなのはあくまでも俺の中の価値観であり、きっと理解なんてされないだろう。

「利雄は本当に堅実(けんじつ)だな」

「そうね、誰に似たのかしら」

エレベーターが三階に着き、病室へと向かった。

「お帰りなさい、佐東さん。どうだった？　退院できそう？」

三〇四号室に戻ると、隣のベッドの老婦人がにこやかに話しかけてくる。

この病室には母親の他にも三人が入院していて、隣の小椋(おぐら)さんと母親はこの三日間で随分と仲良くなったようだ。

「おかげさまで、明日退院できることになりました」

「あら、それは良かったわ。おめでとう」

小椋さんが上品に笑った。

七十代後半と思しき小椋さんは、つい先日に胃ガンの摘出手術をしたばかりなのだと明るく教えてくれた。それほど深刻な病状ではないのか、術後の経過が落ち着いたら、すぐに退院できるのだと言う。

「ありがとうございます。小椋さんと離れてしまうのは、寂しいですけれど」

「あら、嬉しい。けど、家に帰れるならそれが一番よ。頼りになりそうな息子さんもいらっしゃるんだから、家でも安心でしょう」

そう言う小椋さんの顔には、どこか寂しさが混じっているような気がした。

翌日の木曜日。午後に退院すると聞いていたので、俺も今日は電車で大学に行き、その後で病院に寄った。

母親が小椋さんと会話を弾ませている間に、俺より先に来ていた父親は早速荷物をまとめ始めている。

昨日マサおじさんからもらったフルーツは、とても食べきれない量だったので同じ病室内の患者さんにもおすそ分けした。だからというわけではないが、今日は皆がひっきりなしに母親のベッドにやって来て別れを惜しんでくれた。昨日寂しげに見えた小椋さんも、今日はとても明るい表情を浮かべている。

「俺も手伝おうか」

「いや、大丈夫だ。お前はそこの椅子にでも座っていろ」

気分良さそうに荷造りを進める父親から仕事を奪うのは、最善の行動とは思えない。手持ち無沙汰（ぶさた）になるが、仕方なく勧められた通りにパイプ椅子に腰をかけようとした時だった。

背後の入り口から人が入ってくる気配がして、俺は無意識に振り返った。

四人部屋なら見舞客がいくら入ってこようが珍しくない――はずなのに、なぜかその男から目を離すことができなかった。

長身で、非常に整った顔立ち。凛々(りり)しさのある眉に少したれた目、そして薄めの唇がアンバランスなようでいて見事に均整を取っている。爽やかな松永先生とタイプが違い、どこか冷めた空気を纏(まと)っているが、彼が街を歩けば老若男女問わず目で追うのではないかと思われるほど、不思議な魅力を放っている。黒いTシャツに細身のジーンズという、いたってシンプルな服装なのに、俳優か何かではないかと思えるほど洗練された雰囲気をかもし出している。

松永先生といい、美形はシンプルな服装でも格好いいというのは間違いないな。

いくら相手が目を引く容姿だからとはいえ、あまりにじっと見るのも失礼だ。俺が目線を外して母親の方へ向き直ろうとすると、その男は躊躇(ちゅうちょ)なくこちらに向かって歩み寄ってきた。

もしかして、凝視していたのが癪(しゃく)に障(さわ)ったのだろうか。

「ご気分はいかがですか、佐東さん」

内心慌てる俺をよそに、母親に向かって薄く笑いながら、とても親しげにその男は言った。

病室内であることを配慮して控えめに出されているのが分かるのに、それでも頭の中まで響いてきそうなほど、よく通る声だった。口調もとても穏やかで、美形で、物腰も柔らかく、全てにおいて文句の付けようがない。

だが、なぜだろうか。

この男が近寄ってきた途端、圧迫感、恐怖感、緊張感……とにかく全ての負の感覚が俺を襲い、この場から逃げ出したくなった。

「志川さん、こんにちは。おかげさまで、今日退院できそうですよ」

しかし俺の気分とは裏腹に、母親は嬉しそうな顔で男を見上げていた――松永先生を見る時と同じような目で。

「志川さん！　先日は本当にありがとうございました。もう、なんとお礼を言ったらいいか……」

父親が荷造りの手を止めて、深く頭を下げる。

俺にとっては初めて見る顔だが、彼は両親とは知り合いのようだ。それどころか、こちらを見ている小椋さんの様子からすると彼女も会ったことがあるようだ。だが、知り合いと言うには少しよそよそしい感じがするので、顔見知り程度といったところだろうか。

事情は飲み込めないものの、俺の気分は一向に良くなりそうにない。この具合の悪さが本当にこの志川と呼ばれる男が原因なのかを確かめるべく、俺はこの場を離れて様子をみようと試(こころ)みた。

「利雄、どこへ行くつもりだ」

しかし、立ち上がって一歩踏み出そうとしたところで父親に腕を掴まれた。

「この前、母さんが説明しただろう。お前も早くお礼を言いなさい」

そう言われてようやく、目の前の人物が誰であるか把握(はあく)できた——つまり、この男は母親の命の恩人ってことだ。

三日前、荷物を病院に運んだ俺が、予想を遥かに上回って元気な母親に聞かされたのは、母親の恩人の話だった。

母親が昼の買出しのために商店街を歩いていると、居眠り運転だった大型トラックが脇道から突っ込んできたそうだ。突然のことにその場で固まってしまった母親を、映画のヒーローさながら身をていして救ってくれたのが、この志川という男だった。母親が立ち止まっていた場所にあった自動販売機はぺしゃんこになっていて、大げさな表現でもなんでもなくこの人は母親の命の恩人だ。

ちなみに助けてくれた本人のほうは全く怪我もなく、検査入院をしただけに留(とど)まったと聞いている。

だが、しかし。やはりさっきから消えない違和感がある。

彼と距離が近付いてから、嫌な感じの汗が俺の額や背中にじんわりと滲(にじ)み出てきている。

ほど良く空調が効いたこの病室内で、暑さのために汗が出るなんて考えられないし、実際暑いと感じているわけではない。俺の中の本能的な何かがこの場、というよりこの男から逃げろと警鐘を鳴らしているような気がしてならない。

俺は、この感覚を知っている。

「母が……お世話になりました」

両親の手前、逃げ出したいのをぐっと堪え、やっとの思いでそれだけを口にした。

「いえいえ。当然のことをしたまでです。それにこちらこそ、これからお世話になります」

志川と呼ばれていた男は、満面の笑み——俺にとっては胡散臭い、いや、背筋の凍るような恐ろしい表情にしか見えない笑みを浮かべて言った。

途端、俺の思考が停止する。

今、この男はなんて言ったんだ。

それを完全に理解する前に、満足そうな両親と冷や汗の止まらない俺、そして終始笑みを絶やさないこの男は、佐東家へ仲良くタクシーで帰宅したのだった。

「すみません、本当に助かります」

「いやいや。これくらい、こちらがしていただいたことを考えればなんてことないですよ」

空が夕焼けで赤くなる頃にタクシーが自宅に到着し、父親は志川さんを招き入れた。

志川渡(しかわわたる)と名乗る男は三日前にこの街に出てきたばかりだった。そこでたまたま事故に出くわし俺の母親を助けたまではいいが、どさくさに紛(まぎ)れて荷物を誰かに盗まれてしまった。手元に残ったのは財布のみで、本来この街で世話になる予定だった人物の連絡先や地図、更には携帯までその中に入っていたため、途方にくれていたそうだ。そこで俺の両親が『知人と連絡がつくか、滞在先が決まるまでうちに居ればいい』と申し出た——車内で俺が両親から聞かされたのはこんな事情だった。

大型トラックが直撃していれば、確実に母親の命はなかっただろう。何か運動をしているわけでもないし、普段からおっとりしている母親は、たとえ体が強張(こわば)っていなかったとしても、トラックを避けることなどできなかったと思う。

だからこそ、事故現場にたまたま志川さんがいてくれて、本当に良かった。そう考えれば両親の申し出だって当然だと言える。部屋だって余っているし、仮に俺が両親の立場だったとしても同じようにしたはずだ。

ただし、相手がこの男でなければ、だ。

なぜだ。なぜ両親はなんとも思わないんだ。明らかにコイツはおかしい。上手く言えないが、何かがヤバイ、と言う表現以外ない。

何せ近くにいるだけで冷や汗、悪寒(おかん)、息苦しさ、そして吐き気までもが俺を襲ってくるのだ。例えるなら病原菌、いや、毒ガスを撒き散らしている存在と言うべきだ。この男から放たれている異様な空気が、黒く蠢いて見える気さえする。

だけど両親のあの態度がこの空気を感じている上での演技だとは、とても思えない。本心からの感謝の結果、今回の申し出をしたに違いない。ということは、この感覚は俺だけのものなのだろうか。勝手に俺が胡散臭いと感じて生理的に受け付けないだけなのだろうか。

分からない。分からないが、今だって両親と志川さんがリビングで寛ぎながら談笑しているのに、俺だけが独り冷や汗をかきながら必死に眩暈や吐き気と戦っている状態だ。これ以上この場に留まっていては、俺の体が持ちそうにない。

いや、落ち着け俺。

もしかして、ただの考えすぎではないだろうか。例えば全ては俺が風邪をひいているせいで起こっている生理現象の可能性だってある。それがたまたま、志川さんが病室に現れたあの瞬間から起こって、今にいたっているのかもしれない。ちょうど季節の変わり目だし、新しい環境に慣れ始めて気が抜けてきたところで体調を崩すなんて、よくあることだ。

特定の人物に対する拒否反応と考えるより、こっちの方がよっぽど現実的だ。それならこの場を離れて自室でゆっくりと過ごすべきだ。

思い立ったが吉日。

俺以外は話に花を咲かせているし、邪魔しないように、極力足音を立てずに俺は自室へと向かった。幸い、誰も気にしていなかったようだ。

部屋の扉を開けてすぐ、着替えもしないでそのままベッドに倒れ込む。寝具はまさに神具、なんて馬鹿なことを考えながら寝転がった俺は一つ、気が付きたくないことに気が付いてしまった。

具合が全くもって悪くない。すぐさま立ち上がってみたものの、先ほどまでの眩暈も、吐き気も、悪寒も何もない。どこにも異常は感じられず、すこぶる健康としか言いようがない状態だ。

これから一体どんな結論が導き出されるのか、ベッドに座って考えてみる。もしかして、もしかすると、病院で感じた通りってことなのだろうか。

いやいや、ありえない。冷静に考えれば、実に馬鹿馬鹿しい話だ。危険人物に対して体が拒否反応を起こすなんて、あるわけない。

とはいえ、俺が常識では考えられない仮説をこれだけあっさりと立ててしまうのには、理由がある。

小さい頃から、なぜか俺には妙に危険を察知する感覚があるようなのだ。

例えば道を歩いていて、急に具合が悪くなる。歩行困難になるほどの吐き気や悪寒に襲われて家に帰ると、通るはずだった道で大きな交通事故があったり、通行人を巻き込むほどのガス爆発が起こる。他にも、母親と一緒に電車に乗ろうとしたら、突然気分が悪くなりホームに留まることになる。すると乗るはずだった電車は、その後軽い脱線事故を起こす――とまあ、こんな具合だ。

この異常な現象を完全に把握したのは、小学校高学年の頃だった。ことの大きさは大小様々(さまざま)だし、元々のんびりしている両親は、俺のことを体があまり丈夫ではない息子としか認識していない。両親にすらそう思われるのだから、この件に関して誰かに話したことはない。それに、話したとしてもとても信じてもらえるような内容ではないと思う。そもそも、こんな話をしたらどうしたって悪目立ちしてしまう。

しかし、俺の仮説が正しいとしても一つ腑(ふ)に落ちない点がある。

これまで俺の感覚が危険だと認識してきたのは、場所や物に対してだけだ。人間相手に反応したことは一度もない。とはいえ、現在まで犯罪に巻き込まれそうになったこともないし、例えば犯罪者とすれ違っても、直接被害がなければ反応しない可能性は大いにある。

そう考えればあの志川さん――いや志川は、俺に対して直接害をもたらす人物ということになるのだろうか。

この推測が正しいとすれば、両親があの男に対して全く違和感や嫌悪感を抱かないのも納得できる。両親にとっては恩人でしかないし、仮に今後害をもたらす存在だとしても、それを察知できるわけではない。

となれば、今の状況は非常によろしくない。

志川を見張りたい気持ちはあっても、傍にいては確実に俺の身が持たない。お人好しの両親だが、父親はかつて敏腕刑事と呼ばれていただけはあって、犯罪者に対してかなり嗅覚は優れている方だ。なら、俺は距離を取ってそれとなく志川の行動を観察し、あとは父親に任せるのも手かもしれない。

幸いにして俺にはバイクという移動手段があるわけで、大学生になってから特に門限などもない。早々にバイトでも探して、志川が滞在している間は極力家に近寄らないようにしよう。夜だけは家に帰るとしても、夕食を外で食べて部屋に篭ってしまえば大丈夫だ。

母親のご飯を食べられないこと以外は、それほど問題はない。

財布と携帯をジーンズに突っ込んでから、俺は適当な理由をつけて外出してしまおうと思い、リビングのドアを開けた。

途端に冷や汗が出始めた俺に、三人の視線が一斉に向けられた。

「噂をすれば、ちょうどいいところに戻ってきたな」

父親の朗らかな声に、正直嫌な予感しかしない。

「トシちゃん、今から志川さんに駅までの道と、この辺りを簡単に案内してあげてくれる？」

今なんとおっしゃいましたか、お母様。好ましくない言葉を耳にした気がしますが、俺の聞き間違いですよね、きっと。さもなければ、母親のお茶目な冗談に違いない。

「それは助かりますね。ぜひともお願いします、利雄くん」

志川が妙な笑顔を俺に向けてくる。

オネガイシマスって、何語だっけ。聞いたことある気もしないでもないが、英語ではないような気がするから、今期に第二外国語で履修しているスペイン語かな。日本語にも似たような発音の単語があったのかもしれないが、この男の言葉は日本語なんかじゃないと思う。そう信じたい。

たとえ千歩、一万歩、いや、一億歩譲って日本語だったと仮定しよう。

答えはノーだ。丁寧な日本語で言えばお断りします。砕けて言えば嫌だ。もっと砕けて言えば、寝言は寝て言え。

そんな現実逃避にも近い思考を、一瞬で頭の中に巡らせた俺は、叫びながら家を飛び出したい衝動に駆られた。

しかし理性が俺の足を床から離さない。両親を前にして、そんなことができるはずもない。

ただでさえ俺は一人息子。突然おかしくなったと、両親を無駄に心配させるわけにはいかない。

引きつった顔を少しでもほぐそうと、体から力を抜くように息を吐いた。そして、なんとか笑顔を作って俺は頷いた。

「うん、分かった」

「そうだわ。ついでに春巻きの皮、買ってきてくれる?」

俺が引き受けることを微塵も疑っていなかった母親は、笑顔で千円札を差し出してきた。いつもなら朗報である夕飯のメニューも、今日ばかりは素直に喜べそうにない。

「うん。って、足は大丈夫なの? 俺が作ってもいいよ?」

「大丈夫よ。そんな長い時間立っているわけでもないし、途中で座ったりすれば全然問題ないわ。ここ数日さぼっちゃってたし、せっかく志川さんがいらっしゃるんだもの、腕を振るわなくちゃね」

「俺も横で手伝うから、利雄は心配しなくて大丈夫だ」

母親も事務所で働いているため、俺も父親も一通り料理はできる。だけどやっぱり、母親の料理が一番だ。無理をしているわけではないなら、久々に食べられるのは俺としても願ったり叶ったりではある。決して、買い物を断ってうやむやなうちに案内役を放棄したいと思ったわけではない、多分。

「分かった、じゃあ買ってくるよ」

力なく千円札を受け取り「じゃあ行きますか」と志川にぼそりと呟いてから、玄関に足を向けた。

「行ってらっしゃい。今日は暑いから、気を付けてね」

悪気がないと十分に理解していても、背後から聞こえた声が少し憎らしく感じられる。もう反抗期は終わったのに、情けない話だ。

「行ってきます」

偶然にも志川と俺の声が重なり、余計に気分が悪くなる。

既に額も背中も汗でびっしょりだ。志川との距離があまりにも近いせいで、今にも倒れそうなほどの眩暈もする。こうなったらとにかく即行(そっこう)で終わらせてやる。さもないと、俺の身にどれほどの被害が生じるか分からない。

ふらつく足で踏ん張りながら、黙ったまま早足で最寄り駅である月見ヶ丘(つきみがおか)駅に向かうことにした。

道中の説明なんて必要はない。コイツは俺にとって害悪にしかならない人物なのだ。

常識的に考えれば、証拠もないのに決め付けるのは良くない。だけどこれだけ体が反応していたら、俺の中では確定事項だった。そもそもこの体質自体、常軌(じょうき)を逸(いっ)しているわけだし、細かいことを気にしたら負けだ。万が一にも勘違いだったとして、どうせそのうちにいなくなる相手だし、嫌われたって構うものか。

俺が無言で足早に進む中、志川はどうしているかというと、ちゃんと後ろを付いてきていた。振り返らなくたって、あの独特な毒々しい気配で分かる。少しでも体調をましにするために距離を取っているつもりだが、まだまだ足りないらしい。本当は更に距離を取りたいが、これ以上離れるのはあまりにも不自然だ。気にしたら負けと思いつつも、ある程度常識的でいたいと思ってしまう自分が憎い。

どうするか悩みながら近所の公園を通り過ぎようとしたところで、突然、呼吸ができなくなるかと思うくらい禍々(まがまが)しい気配が背後から押し迫ってきた。

胸を押さえつつ、慌てて後ろを振り返る。

しかし、振り返った先に志川の姿はなかった。

押し潰されそうなほど重苦しい空気の中、俺の汗が地面に落ちていく。暑さで流れるような汗ではなく、ねっとりとした汗だった。想像を絶するほどの苦しさに、うっすらと涙すら滲み始めている。

この感覚は、中学の頃にこっそり手に入れた成人指定にぎりぎり届かないようなアレな本が、俺のいない間に掃除された部屋で位置を変えていたような……いやいや、違うだろ。そんなことを考えている場合じゃない。どんだけ混乱しているんだ。落ち着け、俺。

とりあえず深呼吸だ、深呼吸。息さえ整えば、なんとかなる。

「やっぱり、利雄くんは勘というか感覚みたいなものが、すごくいいんだなあ」

耳元で頭に響きそうなほど通る声がして、俺は勢いよくそちらを振り向いた。すると、目と鼻の先に胡散臭い笑みを浮かべた志川の顔があった。

　この嫌な感じは、高校の頃いつもの場所に置いていたあんな本が、机の上に綺麗に並べられていたような……待て待て。だからそうじゃないだろう、俺。落ち着け、落ち着くんだ。

「……は？」

　なんとか喉から声を絞り出した。フルに稼働させた頭で、少し冷静になってみたものの、それでもやはりこの男の言葉の意味は理解しかねる。

　感覚ってなんだ、感覚って。人生始まって十八年、芸術系の才能など皆無な俺が感覚を褒められたことなどただの一度もない。というかこの状況下でなぜ勘とか感覚という単語が出てくるのか、全くもって理解できない。

「感じてんだろ、普通の人間じゃねえって」

　薄い唇の片端だけ吊り上げて、志川が言い放つ。

「な、何を……」

　何をおっしゃっているのですか。貴方の頭は大丈夫ですか。もしかして事故の際、打ち所が悪かったんじゃないですか。それとも最近急に暑くなったから、やられちゃいましたか。脳溶けちゃったんですか。

　頭の中では言葉がぽんぽん出てくるのに、苦しくて肝心の声が出てこない。

「またまた、とぼけちゃって。苦しいんだろ、俺が傍にいると」

アレな人は春先に活性化されるってよく言うけど、こんな初夏に現れるとは、もしかしてコイツは出遅れてきた珍種だろうか。どこか胡散臭さはあっても一見凄くまともそうに見えるのに、俺がずっと反応していたのはそういうことか。

息苦しさと吐き気などから少しでも気を紛らわそうと、必死で今後の対策を考えることにした。まずは最終的なゴールを決めて、それで、とにかくこの場を離れないと。

「俺が思っていたより、ずっと鋭いな利雄。そう、俺って実は人間じゃねえんだわ」

俺の思考を遮るように、志川は言った。にやっと両方の口角を上げているが、まるで本当のことを言っているような雰囲気だ。つまり、彼はきっと真性のアレに違いない。

体中から一斉に血の気が引いていくのが分かる。

さあ、今取るべき行動はなんだ。

そんなの考えるまでもなく決まっている。

俺は走った。

息苦しさに、眩暈に、吐き気に耐えて、ただひたすらに走った。小学校の頃の運動会よりも真剣に、中学の陸上部の都大会の時よりも必死で、今までのどんな測定タイムより早いタイムをたたき出しながら俺は走っていた。

頬を風が刺す。見慣れた風景がめまぐるしく視界に飛び込んでは、去っていく。まるでバイクに乗っているような感覚に陥ってくる。

少しだけ混乱した頭がすっきりしてきた頃、辿り着いたのは月見ヶ丘駅前の公園だった。立ち止まると急に汗が噴き出してきた。今度は暑さによる汗だからか、気持ち悪さはあまりなかった。木陰に入ってから、すっかり上がってしまった息を整えるために何度か深呼吸をした。

なんなんだ。アイツは一体、なんだったんだ。

人間ではなく、何か特別な存在だとアイツ自身思い込んでいるようだった。いかれているあっち側の人間、そうとしか言いようがない。

だけど、アイツが口にした『苦しいんだろ』の一言がただのいかれた人間の言葉にしては引っかかってならない。もしかして俺の感覚がアイツを危険視していることに気が付いたのだろうか。だから『感覚』なんていう、おかしな表現をしたのだろうか。

落ち着け俺。落ち着け俺。

自分に言い聞かせるため、何度も何度も同じ言葉を頭の中で繰り返す。

あの男が分かって言ったなんて、あるわけない。確かに顔色なんかは悪かったかもしれないが、特定の誰かに反応しているせいなんて普通に思うわけがない。きっと遅すぎる中二病を発症したり、空想に取り憑かれたりして、アイツの脳内で勝手な妄想設定を作り上げているだけだ。あの発言だって、ただの偶然に過ぎない。

それでも、やっぱり気持ちが悪い。

幸い財布も携帯も持っているし、このまま出かけてしまおうかとも考えたが、一度家に戻って両親に話そう。ありがたい恩人には違いないけど、ちょっとアレだって伝えよう。

もちろん信じてもらうのは難しいと思う。だけどあくまで客観的に、真剣に訴えれば分かってもらえる可能性はある。

「あれ、佐東くん?」

呼びかけられて振り返ると、まさかの桧原さんがそこに立っていた。

「あ、桧原、さん……」

まだ頭は混乱している中で、それだけなんとか口にする。

「大丈夫? すごく顔色悪いよ?」

「う、うん……平気……」

言いながらも、桧原さんはこの辺に住んでいたのかとぼんやり考える。

今日は薄手のパーカーにジーンズという、いつもより少しカジュアルな装いだ。可愛い子はやはり何を着ていても可愛い。

「そうだ、これあげる。さっき買ったばかりだし、まだ冷たいよ」

差し出されたのは、スポーツドリンクのペットボトルだった。

「いや、大丈夫だよ。ありがとう」

俺は両手を振って断った。

桜原さんと会ったおかげで、次第に現実感が戻ってきた。段々と動悸(どうき)も治まり、汗も引きつつある。

「遠慮しなくていいよ。開けてないから、安心して」

「本当に大丈夫だよ。すぐ帰るし……えっと、桜原さんの家ってこの辺なの？」

余計な心配をかけないよう、とりあえず適当な世間話を持ちかけてみた。

「ううん、図書館に行こうと思って。読みたい本が中央図書館にならあるみたいだし、結構遅くまでやってるから」

「そっか」

確かに駅から歩いて十分弱の中央図書館は、市内で一番の大きさだ。大学の図書館とはまた蔵書が違うから、俺もよく利用する。それに、平日は夜の九時まで開館しているのが嬉しい。

「良かった、少し顔色良くなってきたね」

俺の顔を覗き込んで、桜原さんは安心したように顔を綻(ほころ)ばせた。どうやら、かなり心配してくれていたらしい。

「そうだ、お母さんはもう退院できた？」

「うん、おかげさまでさっき退院してきたよ」

「そっか、良かったね。あの後話す機会なかったから、実は気になってたんだ。ごめんね、勝手に耳にしたのに立ち入ったこと聞いちゃって」

「いや、全然。むしろ気にしてくれてありがとうっていうか、ノートのこともすごく助かったし、感謝しかしてないよ」

申し訳なさそうな顔をする桧原さんの気持ちを少しでも拭えるように、言葉を選んだ。それが正解だったのか分からないが、彼女は思い出したように軽く両手を叩いた。

「そうだ、ノート。いつ貸そうか。今日のマクロの時に持ってくれば良かったね、ごめん」

「いつでも平気だよ。試験前に桧原さんが都合いい時があればで」

「けど次の心理学と統計は休講だし……来週のマクロの授業が一番早いかな？　あ、そうだ」

桧原さんが鞄を開けて、何かを取り出した。

「念のために連絡先、教えてもらっていい？」

「う、うん、もちろん」

思わぬ申し出に、俺は思わずたじろいだ。大学に入ってから女子と連絡先の交換をするのは初めてではない。だけど相手が桧原さんなら、話は別だ。しかも向こうから言い出してくれるなんて、正直予想外すぎた。

「どう送ったらいいかな……そうだ、佐東くんの機種って赤外線受信できる?」

「うん」

「じゃあ私の送るね」

一体、大学内でどれほどの男が彼女の連絡先を手に入れたいと思っているのだろうか。同じ学部でも桧原さんとは現代心理学と統計学、後はマクロ経済が一緒なくらいで、会うのは週に三度というところだ。俺が目にする中で、彼女が連絡先をほいほいと教えているようには見えない。むしろ、上手く避けているようにすら感じたことがある。

そんな彼女が警戒心の欠片(かけら)もなく俺に連絡先を送ってきた。健全な男なら、少し期待したって仕方ないことだと思う。

「あ、届いた。えっと、俺のも赤外線で送る?」

「ううん、メールちょうだい。あ、ライムでもいいよ」

ライムとは現在幅広い層に人気の、主にスマートフォンを対象とするテキストチャットやインターネット電話などの機能があるアプリのことだ。俺の高校の頃から流行り始め、今では友人知人とのほとんどの連絡がライムを通してになっている。

「分かった。じゃあ後でライムを送るのでいいかな?」

「うん、待ってる」

返ってきたのはとびきりの笑顔だった。あんまり気のない男にこんな笑顔を向けたら良くない、と思いつつも素直に嬉しい。

「それじゃあ、私行くね。マクロの時にはノート持っていくから。でも、その前に連絡ちょうだいね」

「うん、家に帰ったら送るよ。道中気を付けてね、そろそろ暗くなるし」

元気良く手を振りながら去っていく桧原さんの念押しに、顔がにやけそうになるのを堪えて俺も振り返した。

そうして彼女の姿が見えなくなるまで見送ってから、大きく息を吐いた。

予想外の出来事ではあったけど、おかげで冷静さをだいぶ取り戻せたような気がする。

さっきのまま家に帰っていたら、きっと勢いでしか両親に志川のことを話せなかった。冷静に話せなくて、支離滅裂(しりめつれつ)になっていたかもしれない。でも、今ならちゃんと落ち着いて説明できる。

「ひでえなあ、置いていくなよ」

家に帰ろうと向きを変えたところで、気配もなく、足音もなく、突然俺の耳元であの声が響いた。

再び全身から血の気が引いていくのが分かる。多少クールダウンしたとはいえ、十分に体は温まっているはずなのに、鳥肌が止まらない。

ゆっくり振り返ると、そこには汗一つかいていない志川が穏やかな──俺には気味悪くしか見えない笑みを浮かべて立っていた。

「せっかく俺と離れて気分がマシになったのに、まーた具合悪くなってきたか？　けど、走り出す前よりも少しはマシなんじゃねえの？」

　何を根拠にと思ったが、言われてみれば確かにこんな真横にいるのに、眩暈や吐き気は幾分かましになっている。先ほどまでは相当な気合を入れなければ立つのが困難なくらいだった距離なのに、今はそれほどでもない。桧原さんのおかげで気分転換ができたからかと思ったが、どこか違う気がする。

「あくまでも推測だけどよ、利雄は自分の脅威となり得る存在、事柄、あとは未知の存在なんかに対する防衛本能が異常なまでに優れてるんだろうな。で、今は俺が人外だって伝えたことで、完全な未知じゃなくなったわけだ。その分、症状も軽くなったってとこだな」

　自分の言葉を自画自賛するように、志川は大げさに首を縦に振った。

　こういう時、なんと言うんだっけ。気に食わない、癪に障る、虫唾が走る、反吐が出る。そう、そんなところが俺の今の心情を表すのに適していると思う。っていうかさっきから、勝手に人のことを呼び捨てにするな。家を出る前と明らかに口調も違うんだが、馬鹿にしてるのか。

「……お前、頭おかしいんじゃないのか？　人間じゃなかったら、なんだって言うんだよ」

少し掠れたものの、それでも声は出た。だいぶ状態が良くなっている証拠でもあり、俺がこの男に対して相当苛立っている証拠でもある。

「なんだって言われると、説明が難しいんだよなあ。俺達の言葉を直訳すれば、魂回収係、つまり死者の魂を収集する者ってところか」

この男はやはり間違いなく真性のようだ。いったいどうして自分がそんな存在だと思い込んでしまったのか分からないが、理由を聞いたところで俺には理解できないだろうし、理解したいとも思わない。

沈黙したままの俺を、志川はにやけた表情のまま見つめながら口を開いた。

「その顔はまだ信じてねえな？　まあそうだよな、普通信じねえよな」

まるでこちらの考えを読んだかのような口ぶりの志川が、なぜか俺の頭を掴んだ。

口調だけではない、顔つきすら両親の前で見せていたのと変わっている。家では多少の胡散臭さがあっても、まだ勘違いかと思える程度だった。けれど今は、胡散臭さなど通り越して、不気味という方が近い。

不愉快だ。非常に不愉快だ。

頭を掴む手から逃れようと、俺は思い切り右手で志川の腕を払いのける。

思ったよりも簡単に手が離れて、ほっとした次の瞬間だった。

ほんの一筋の風が、俺の頬を掠めた。

一瞬のことで、何が起こったのかを把握するのにしばらくの時間を要した。

志川が日本刀らしき物を鞘にゆっくりと納めていく光景を現実のものとして理解したところで、ようやく生温かい液体が俺の頬を伝っていくのに気付いた。

銃刀法違反、なんて頭の片隅で考えた俺は、思っているよりも冷静なのかもしれない。

「種も仕かけもございませーん。これで、証明になったか？」

言いながら志川が両手を体の前に持ってくると、日本刀はまるで最初から存在していなかったかのように、綺麗に消えていく。

「感想くらい言えよ。信じられたか？」

疑問を投げかけられた俺は、黙ったまま恐る恐る右頬に手を当てた。軽い痛みを伴って指先には僅かに汗ではない液体――ぬめりとした感触がした。ほのかに香る錆びた鉄のような匂いが、血なのだと教えてくれている。

取り立てて特技も取り得もない、平均的、凡人というに相応しい俺は、このまま平凡で平穏に生きていけるはずだった。少なくとも今目前にいる不可解な、いかれているのか本気なんだか良く分からないようなヤツとは一生縁のない、そんな人生のはずだった。

夢ならもう覚めろ――強く願ってみたものの、右頬の痛みがそれを真っ向から否定してくれる。

日本刀を一瞬にして出現させ、目に見えない速さで俺を斬り付けた上に、まるでなかったかのように消せる能力とは一体どんなものなのだろうか。夢、手品、ドッキリ、幻覚、色々な可能性を思い浮かべてみるも、どれもしっくりこない。

超能力だとすれば、納得できる気がしないでもない。それならある意味人間ではないというたとえも間違ってはいないだろう。

「お、少しは信じたか？」

一体何を根拠にこんな発言をしたのか分からないが、答える気にはなれなかった。

魂回収係──死者の魂を収集する者と確かこの男は言っていた。仮にそれが真実であったとして、俺がコイツに出会わなくてはいけない理由はなんだ。もしかして、俺の死期が迫っているってことなのだろうか。

何も十代で寿命(じゅみょう)が来なくていいのにとか、まだやりたいことだってあるのにとか頭を駆け巡る。

だけどそれより、たとえ喜ばしくない事実であることに変わりなくとも、せめてもっとこう、普通に事故での突然死とかでもいいじゃないか。こんなおかしなヤツに出会ったり関わったりする必要性なんて、どこにも感じられない。

「おいおい、だんまりかよ。あ！　もしかして、自分の死期が近いとか思っちゃってたりするわけ？」

人の顔を覗き込むように、志川が少し屈んだ。俺が悲観しているとでも思っているのかもしれない。確かに悲観していると言えばそうなのだが、何よりもお前という存在に出くわしたことに対して悲観しているのだと伝えたくなる。

「ないないない。それだけはないから安心しろよ。お前の死期は当分先。今後何度も死線をさ迷うことはあるかもしんねえけど、とりあえず老後は確実に送れるって」

　俺の心の内を理解しないまま、志川は演技じみた様子で手を振った。笑いながら明るく何度も死線をさ迷うなんて言われても安心なんてできるわけがないのだが、突っ込む気にもなれない。

「ここまで説明してやったんだ、もう具合もそんな酷くなってんじゃねえの？」

　それが自分の手柄とでも言いたげな志川を睨み付けながらも、ヤツの言う通り体が先ほどより楽になっていることに気が付いた。眩暈や悪寒が完全になくなっているわけではないが、それでも今なら薬は飲まなくても耐えられるレベルだ。

「やっぱりな。俺の推測通りってわけだ」

　こいつの推測は、俺の脅威となり得る存在や未知の存在に対して体が反応するのだということだった。未知という点では信じる信じないを別として、本人の口から聞かされたことで解明されつつある。それでもまだ気持ち悪さが残るってことは、この男は依然として俺にとって脅威となる存在、という解釈ができる。まあ、害悪である可能性に疑いなど全く持っていないのだが。

「何か言いたそうな目してんじゃねえか」

この状況下で疑問を全く持たない人間などいるわけがない。誰が考えても分かりそうなものだが、あえて尋ねてくるってことは、コイツには人間の感覚がないとみるべきか。

「俺さ、先週からこの地域担当になったんだわ。上からの転勤命令には逆らえない、下っ端はつれえよ」

頼んでもいないのに、志川は勝手に身の上話のようなものを説明し始める。

「で、最初は土地勘とか、土地柄とか分かんねえだろ？　上から観察するって手もあるけどよ、それじゃ退屈になりそうだから、どっかの家に転がりこむことに決めたわけだ。本来俺ら性別なんてねえんだけど」

そう言った志川の姿が、急に女のそれになった。人種を超えて、誰がどう見ても美女としか形容できないほどの、完璧な容姿だった。

本当に、悪い夢を見ているとしか思えない。これが夢だったらどんなに良かっただろうと、現実逃避さながら考える。

「男の方が何かと便利だよな。取り入るにしても修羅場になることが少なそうだし、いざとなりゃ野宿してたって目立たねえ」

「だったら最初から野宿してろよ」

思わず言葉を口にしたことに、俺は少なからず驚いていた。言い返したいと思っていたが、相手にしたくないからずっと聞き流そうと努力していたのに。

気が付けば、いつの間にか志川の姿は男に戻っている。

「冷てえなあ。仲良くしようぜ、利雄」

「お断りだ」

コンマ一秒たりとも迷うことなく拒絶する。

「ちなみにな、俺の名前の志川渡っつーのは、死者の魂を集めて三途の川とやらを渡す係りってことで付けたわけよ。ぴったりだと思うだろ?」

「思うわけない。短絡的すぎる」

反射的に返した三度目の否定に、一瞬驚いたような顔をしてから、志川は腹を抱えて笑い出した。

「……なんだよ」

できればこのまま放置して帰ろうと思ったが、いつまで経っても笑い止まないのでついつい口を挟んでしまう。

「やっぱお前面白いわ！　体質だけでも十分面白いと思ってたけど、性格はもっと面白い！」

笑いこけながら志川が言う。平々凡々に生きてきた俺は性格が面白いなどと過去に一度も言われたことがないのだが、コイツの感性はどうかしているのではないだろうか。頭の中で突っ込んでみたものの、どうでもいいことだ。

それにしてもこの男――いや性別がないなら両性類とでも言っておく――はまだ笑いこけている。なぜだか分からないがこの笑い声のせいで、これまでの非現実的だった事柄達が一気に現実的なものに変わっていく気がした。というより、呆れて冷静さを取り戻していったという方が正しい。

そこで俺は、ずっと忘れていた道案内以外の任務を思い出し、脳内でそれを実行する選択肢を選んだ。当然ながら、目前の自称人外とやらを置き去りにするというオプションも選択済みだ。

「おいおい、置いていく気かよ」

向きを変えたところで志川は俺の肩を掴んだ。触られると余計に気分が悪いのは、もはや害悪になる存在うんぬんだけでなく生理的に受け付けていないからだろう。

「これからしばらく一つ屋根の下で暮らす仲なんだしよ、少しは歩み寄りを見せて欲しいもんだぜ」

「……人間じゃないんだろ?」

「お、とうとう信じたか」

「だったら別に人間と暮らす必要ないだろ。つまり、俺の家に居座る必要はないからさっさと出ていけ、消えろ、そして二度と来るな」

後を付いてくる志川を決して見ないようにして、俺はスーパーへと急ぐ。

魂とやらを回収するのであれば、わざわざ人間にその姿を見せない方が、仕事は効率的なはずだ。

「酷い言われようだな」

気分を害した様子など全くないまま、志川が鼻で笑った。

「利雄様のお察しの通り、仕事するだけなら人間に姿を見せる必要もねえし、そもそも姿を真似する必要もねえよ。今だって姿を消そうと思えば消せるしな」

「じゃあ消えろ」

こんな暴言を吐いたのは、もしかすると人生で初かもしれない——あくまで口にしたのが初体験なだけで、心で思うことはあったが。

「毒吐くねえ、利雄くん」

「むしろ消えたまま俺の前に二度と出てくるな」

「残念、お断りします」

俺の言葉なんてまるで聞いていない、というより心なしか嬉しそうな気もする。事実、ヤツの声色は僅かに弾んでいるように感じられる。

「やっぱり今すぐ存在すら消えてしまえ」

この言葉に、意外にも志川が下を向いた。表情は見えないが、見る気もさらさらない。

「……そんなに俺が嫌いか？」

「当たり前だ」

当然のことを聞かれたので間髪入れずに答えたところ、志川の足が止まったようだ。もちろん俺は足を止めないし、振り向きもしない。

「なら、仕方ねえな……」

今にも消え入りそうな声が耳に入った——と同時に、あの禍々しい気配が消えていた。まるで憑き物が落ちたかのように、体がすっと軽くなる。

今は夕方。志川と会ったのは真っ昼間のことだ。実質数時間しか近くにいなかったわけだが、まるで一週間以上経ったかのような疲労感だ。それだけ体に負荷がかかっていたということだろう。

本当に消えたのだろうかと疑問に思ったものの、俺の場合はまさに言葉通り、身をもって証明しているようなもんだ。疑う必要なんてない。

しかし、意外なまでにあっさりと消えて、正直拍子抜けした。両親にはまさか俺が消えろと言ったら消えたとは言えないので、帰るまでに理由を考えておく必要がある。偶然知り合いに会えたからそのままどっかに行った、で納得してくれれば簡単なんだけど。

俺は軽くなった体で大きく伸びをして、春巻きの皮を買いに行く任務を改めて思い出した。

「よし」

解放感からか、思わず口にしてから公園を出ようと歩き出す。

途端——俺の全身が再度鉛のように重くなった。嫌な汗がじんわりと滲み始める。もしかするとこれは一難去ってまた一難ってやつで、新たな危険を感じ取っているのだろうか。

軽く周囲を見やって原因を探そうと試みた俺の肩に、誰かの手が置かれた。

「残念でした。本当に消えたと思ったか？」

やけに通る、脳に直接響くあの声が耳元で囁かれた。俺の毛穴が一斉に開き、汗が噴き出てくるのが分かった。

「なん……で」

「消えたら利雄が喜ぶかなと思って！」

俺の疑問に志川は嬉しそうに答える。

ああ、その通りだ。

喜んださ。解放感をしばし味わっていたくらい、喜んださ。

完全に遊ばれていると気付き、俺は躊躇なく舌打ちをした。

「なあ、今どんな気分だ？　ぬか喜びした後の絶望って、どういうもん？」

志川は背中ごしに、最低な質問を投げかけてくる。

「可能であればお前を金属バットで殴り飛ばして、この公園の砂場に埋めていきたいくらい、最低な気分だ」

自分からこんな低い声が出るとは思わなかった。今の俺は人当たりがいいなんて、お世辞にも言えない。

「言うねえ」

しかし悲しいかな、志川には全く効いていない。それどころか俺の反応を楽しんでいる様子だ。

落ち着け。冷静になれ。相手にするな。これ以上相手にしても無駄だ。

頭で何度も言い聞かせながら、俺はとにかくスーパーへと足を向ける。

「怒るなよ。俺は仲良くしたいんだって」

どの口が仲良く、なんて言葉を吐けるのか。まずお前が存在している時点で無理な相談だ——と言いたくなるのを堪える。

「利雄の家に長期滞在する予定だしさあ、やっぱ仲良い方がいいだろ？」

しかし、ここで俺の我慢に限界が訪れた。

「なんでだよ！」

今すぐに消えて欲しいと思っているのに、長期滞在なんてたまったものじゃない。気が付いたら俺は足を止めて両手を握り締めながら大声を出していた。

なぜ我が家にこだわるのか、なぜ本来なら見せなくていいはずの姿を現してまで関わってくるのか。浮かぶのは当然の疑問だった。

「飯が食いたいから」

「はあああ？」

腹の底から出た俺の叫びが周囲に響き渡った。通行人がいないのは幸いだった。

しかし俺の頭の中では、一つの仮説が成り立った。

「まさか……」

「そそ、そのまさかだ」

志川は俺の辿り着いた答えが正解だと言わんばかりに、満足そうに口角を上げた。

なんてことだ。志川が我が家にやって来たのは、母親の料理が目当てだったのだ。

一般家庭で出される料理がどれほどの物か、俺もそんなによそでご馳走になる機会があるわけではないから断言はできない。ただ一つだけ確かなことは、母親の料理は相当旨(うま)い。

これは家庭の味に慣れているから、というのを差し引いてもはっきり言うことができる。

和食、洋食、中華からエスニック、なんでもござれだ。実際、親戚や近所では母親の料理の腕前は評判だし、マサおじさんに至っては、初めて食べた時感動のあまり泣いていた。

「転勤直後によ、この街で姿消したまま探索してたんだよな。んで、色んな家でつまみ食いをしたわけだ」

なんという悪党だろうか。食べ物の恨みは大きいのを知らないのか。

「そこで利雄のママさんの春巻きと餃子（ギョーザ）！　あれ食ったらびっくりしてさ！」

これまでとは違い、志川の声に興奮が混じっている。

そう、母親の春巻きと餃子は天下一品だと俺も思う。バリエーションが何種類もあって、ご飯が止まらなくなる旨さだ。蓮根（れんこん）入り餃子と長ネギと鶏肉の春巻きは、最高だと思う。

だが、いやいやいや。待て待て待て。

この男、本当にそれだけで決めたのか。というか、そんなの理由になるのか。

「俺は人間の文化で一番素晴らしいのは、料理だと思っている」

俺の疑問を知ってか知らずか、志川は熱っぽく語り出す。

「まず賞賛すべき点として、どの植物、動物、魚介類なんかがどうやって食べられるか探し出したってことが挙げられるな。果物ならまだしも、どう考えたってごぼうを食べ物だと普通認識しねえだろうし、タコやイカなんて食べようって発想にならないと思うわけ。けど誰かが試した結果が今にあって、どれもすげえ旨い！」

言っていることは分からぬでもない。俺も食材の元の姿を知って、同じようなことを考えた経験がある。

「更にその料理方法が地域、国なんかによって様々な発展を遂（と）げた、これは本当に素晴らしいという言葉以外出てこねえだろ！」

それも同意だ。トマトを初めに食べようと思ったのはどんな人間だったのか。そもそもあの青臭い食材をケチャップという称（たた）えるべき形に調理したのはどこの誰なのか。俺がそのままでは食べられないものを、あんな絶品に仕上げた人間は、本当に凄いと思う。

しかし自称人外が似たようなことを考えていたなんて、一体どうして想像できようか。

「俺ら国とか関係なしに転勤させられるんだけど、日本の家庭料理が一番好きなんだわ。だから日本に転勤になってまじで嬉しかったわけよ。ちなみに前回は欧州の某国な。あそこも悪くはねえんだけど、やっぱり家庭料理で言えば日本が一番だろ」

志川は胡散臭さのない、満面の笑みを浮かべる。これだけはどうやら本心のようだ。

志川の熱さと興味深い内容に釣られて忘れていたが、一つだけどうしても腑に落ちないことがある。

「俺の家を選んだ理由は分かった、が。この前の事故ってまさか……」

俺の言葉に、志川はおどけたように肩を竦（すく）めただけだった。これでは肯定と受け取って下さい、と言われているようなものだ。

なんてヤツだ。

幸い死人は一人も出なかったが、自分の寄生先を確保するために交通事故まで起こすとは、やはり油断ならない。料理の話なんかに惑わされては駄目だ。

しかしそんなことができるヤツから逃げるのは、多分無理だ。事実、先ほども元陸上部としての渾身の走りをしたのにもかかわらず振り切れなかった。何より家だって知られているのだから、逃げようがない。

コイツが母親の料理にこだわる以上、両親に下手なことはしないだろう。なら、俺だけでも避難しようか——そう考えながら、とにもかくにもスーパーに向かうことにした。

第二章

春巻きの皮十枚入りを二袋にするつもりだったのだが、志川がどうしてもと駄々をこねるので仕方なしに三袋購入した。

いつもの三人前なら二十個で十分でも、食い意地の張っている志川を入れて四人になることを考えれば三十個も妥当かもしれない。それに俺だって志川に譲るつもりはないとなれば、余裕のある個数が望ましい。

会計をしながら、今日の夕飯が春巻きなのも仕組んだのかと聞いてみた。しかしこれに限っては全くの偶然だと、なぜか力強く否定された。

食の趣味が合うからか家路を辿る頃には悔しいかな、俺達は少しだけ打ち解けていた。気分の悪さがなくなったわけではないし、コイツが俺にとって害悪なのは変わらない。それに生理的に受け付けないのも変わってなどいない。

旨い物の話をしながら家の前まで来ると、二十代中盤と思しき女性が何かを抱えてうろうろとしていた。

我が家は一階が佐東探偵事務所とガレージ、二階と三階が住居部分になっている。外階段を上がったところにある玄関からも事務所内からも住居部分に行けるが、依頼者との鉢合わせなどを避けるため、俺は玄関を通るようにしている。

今日は母親の休養も兼ねて、臨時休業の札を掲げ(かか)てある。女性はその札を見たり、事務所の中を覗いたり、外側の階段を見上げている様子だった。

「あの……」

あと数メートルまで近寄った俺は、女性に声をかける。

すると、予想外のことに驚いたのか、女性は肩を跳ね上げて振り返った。揺れる長い髪からシャンプーの良い香りがふわりと漂(ただよ)った。

「うちの事務所に、何か御用ですか?」

疲労感が漂っている表情ではあったけど、思っていたよりもずっと端正な女性の顔立ちに俺の声が僅かに上ずった。

美人と可愛いがうまい具合に交じり合った、はっきりとした顔の作り。大きな瞳はまるで透き通るように綺麗で、長い睫毛(まつげ)は作り物みたいだ。服装はジーンズに七分袖のカーディガンというシンプルなものだが、薄い化粧と相まって彼女の魅力を引き立てているように思う。

「ご、ごめんなさい。私……隣のアパートに越してきたので、ご挨拶しようと思って……」

その言葉通り、確かに菓子折りらしきものを手にしている。

「これ、どうぞ」

華奢な腕で差し出されて、俺は少しはにかみながら菓子折りを受け取った。

「ご丁寧に、ありがとうございます。俺、この佐東探偵事務所の息子の利雄って言います」

「あ……岡野です」

岡野さんと名乗った女性は、両手を揃えて俺にお辞儀をした。咄嗟にこんな綺麗なお辞儀ができるということは、接客業にでも就いているのだろうか。

「何か困ったことがあったら、いつでもうちにいらして下さい。まあ、探偵事務所なんてそうそう世話になりたい場所ではないと思いますけど」

普段のように当たり障りのない表情、そして口調を心がける。さほど意識しなくても自然とできるくらい、身に付いている。それこそ、岡野さんのお辞儀と一緒だ。

「ええ……その時は、是非……よろしくお願いしますね」

なんだか歯切れが悪いけど、俺の言葉に何か不備でもあったのだろうか。でも、引っ越し直後で疲れているかもしれないし、初対面ならこんなものか。

「お待ちしています」

「それじゃ失礼しますね、利雄くん」

「はい」

軽く会釈をして去っていく岡野さんの後ろ姿を眺めながら、ちょっと幸せな気持ちになる。

やはり美人から名前を呼ばれるのは悪い気がしない。これからのご近所付き合いが少し楽しみになってくる。

「へえ、お前ああいうのタイプ？」

家の前に着いてからずっと黙っていた志川が、いきなり口を開いた。

今更だが、岡野さんは俺にしか目を向けていなかったように思う。もし俺と志川が並んでいたら、確実に志川に気を取られるはずだ。

「普通に、綺麗な人だろ」

志川は今まで姿を消していたのではないかと思いつつも、俺は冷静を装って答えた。

「止めとけ止めとけ、アイツ明日死ぬから」

その言葉の意味を理解するまでに、時間を要した。

誰だって突然こんなことを言われたら動揺するだろう。今さっき知り合った人が明日死ぬなんて可能性を、普通は考えない。

「な、何を言っているんだよ……」

　動揺しながら、必死で言葉を探す。俺の狼狽（ろうばい）ぶりが面白いのか、志川の唇の端は上がっている。

「だから、明日あの女死ぬんだって」

「ば、馬鹿なこと言うなよ！　失礼だろ！」

　思わず俺は声を荒らげた。信じられないというよりは、信じたくなかった。

「馬鹿なことって言われても、真実だからなあ。それに失礼なのはお前の方だぜ。魂回収係である俺の情報が間違っているわけねえだろ」

「本当だって言うなら、助ける方法とかないのか？」

　さっきの一瞬しか知らない女性、だけどもう顔見知りになってしまった。その人が死ぬと分かっているなら、なんとかできるんじゃないか。知ってしまったなら、俺は何かしなくちゃいけないんじゃないか。

「無理」

　はっきりと、しかし感情の全く篭らない口調で志川が答えた。先ほどからずっと、志川の表情に変化はない。まるで、どうでもいいことを話しているみたいだ。

「な、なんで……なんでそんな顔していられるんだよ！　お前がその回収係だって言うなら、方法なんていくらでも……」

「だからこそ無理なんだろうが」

俺の言葉を遮った志川は、真面目な顔をしてから事務的にその先を続けた。

「俺は上から来たリストにそって魂を回収するだけ。人間のする仕事の定義とほとんど変わらねえの。死ぬリストに載っていたら、絶対にソイツは死ぬわけ。例えばお前が偶然助けたとしても、結局その後に何か起こって、その日のうちに確実に死ぬわけ。つまり、ただの助け損になるってことだ」

言葉が出てこない。俺の反応が予想通りだったのか、志川は再び口角を上げた。

「だからお前がもし、誰かを殺したいほど憎んだとしても、相手が死ぬ死なないは最初から決まってんだよ。なら、自分でどうにかしようって思うよりも、相手の死をこっそりひっそり願うだけに留めた方が、断然お得なんだぜ」

この人外の言葉が世の中の理(ことわり)で、誰にもどうしようもない事実だとする。

だからって今、俺が受け入れなくちゃならない理由はあるだろうか。何か言ってやりたいって思うのに、そんなわけないだろうって言いたいのに、どこかで俺はコイツの言葉に納得してしまっている。綺麗な戯言(ざれごと)一つ、喉から出てこない。

「死ぬことは決まっている。今のままでいけばさっきの女はいかれた男に殺される。もしかしたら、犯人捜しには相当な時間が必要となるかもな」

言いながら、志川が大げさに頷いた。その仕草が俺をより一層苛立たせる——一番苛立っているのは、自分自身に対してなのに。

「そ・こ・で、だ」

志川の顔が急に至近距離まで近付いてきた。相変わらず彫りの深い整った顔だが、もはや俺には悪意溢れる顔にしか見えない。軽く舌打ちをして、顔を背けてやった。

「犯人を見つけて恨みを晴らしてやるのと、何も知らないふりをして何もしないでただニュースを見るのと、どっちが利雄の好みだ?」

背けた俺の顔をわざわざ追いかけるようにして覗き込んでくる。

気が付いた時には、志川の顔にスーパーの袋を叩き付けていた。……ペットボトルでも入っていれば少しはすっとしたかもしれないのに、残念だ。


「で、どうするんだ?」

春巻きを俺より二本も多く食べた志川は、食後に俺の部屋へ来たかと思うと、いきなりそう尋ねてきた。なんで俺の部屋に来るんだ。両親に仲良くなったと勘違いされたら不愉快だし、困る。

「どうするって何をだよ」

不快感がなるべく伝わるような表情を心がけて、椅子に座ったまま俺は聞き返す。

「夕方言っただろ、あの女のことだよ」

忘れていたわけではない。むしろ、忘れられるはずもない。ただ考えないように、必死に思い出さないように記憶を封じ込めていただけだ。少しでも油断してしまえば、岡野さんの儚げな笑顔と、明日訪れる死が頭に浮かんでしまう。

「まだ選ぶことが可能なんだぜ？」

助けたいって気持ちは今でもある。だけどそれができずに犯人を捜すっていうだけなら、俺は平穏と平凡を選びたい。非日常的なことはできるだけ避けて生きていきたい。そんな俺の考えは間違っているのだろうか。

俺の心の内を知ってか、嘲笑うかのような表情を志川が浮かべる。

「お前が何かしたいって言うなら、協力してやらねえこともない。何もする気がねえって言うなら、俺はいつも通り仕事をこなすだけだ」

なら勝手に仕事とやらをこなせ——そう言いたい気持ちもあるが、俺の中の何かがそれを踏み留まらせている。

志川は、岡野さんがいかれた男に殺されると言っていた。

これを聞いて一番初めに思い出したのは、先月近畿地方で起こった宗教の絡んだ大量殺人事件だ。一人の男が宗教施設に忍び込み、信者を次々と刺し殺していった。生存者の話では犯人は『これは救済だ』と叫んでいたとかで、いかれた犯人という印象が俺の中である。

もう一つが一年くらい前から首都圏で起きている、若い女性を狙った連続殺人事件だ。

一番の特徴は、どの遺体からも片方の眼球が取り出されていること、そして事件は全てうちのH市近辺で起こっていることだろうか。テレビの報道で映される被害者の生前の写真は、眼球が取り出されるだけあって、どの人も目が綺麗だったと思う。ただこの半年くらいは新たな事件は発生していない。

どちらの事件も犯人はまだ捕まっていない。前者は宗教施設での犯行ということもあり、岡野さんが殺される事案とあまり結びつかないような気がする。後者もしばらく犯行がないことから考えにくいが、前者よりは可能性が高いと思う。

もちろん、必ずどちらかに関係しているなんて短絡的に考えているわけじゃない。世の中にはいかれた人間なんてごまんといる。

「お前はただ……俺の反応を見て楽しみたいだけだろ」

リストに載っていれば必ず死んでしまう。ということは、俺が何もしなくたって志川の仕事にはなんら影響が出ないはずだ。それなのに俺の動向をわざわざうかがうのは、きっとそんな理由に違いない。

「お、察しがいいな」

志川は悪びれる様子もなく、どこか満足そうな表情を浮かべている。どんなに俺が友好的にコイツの態度を評価したとしても、人を舐め腐っているとしか感じられない、そんな表情だ。

「お前みたいに変に穿(うが)ってるヤツ見てると、弄りたくなるんだよな。さっき俺に突っかかってきたみたいに、もっと本音で生きていいんじゃねえの？　つーか、いつもいつも感情押し殺して、疲れねえの？」

　志川の言葉は、俺の胸にちくりと刺さった。

「なんでそんなに普通であることにこだわる？　非凡でもいいじゃねえか、それがお前の面白みの一つになるかもしれねえし。偽善でもいいじゃねえか、それがお前のやりたいと思ったことなら。他人とか、どうでもいいだろ。怒りも不満も不快感も、そんなに押し殺してたら、お前いつかストレスで禿(は)げるぞ」

　なんなんだよ。なんなんだよコイツは。

　見透かしたようにポンポンと勝手に言葉を投げつけやがって。他人事(ひとごと)だからって、自分に関係ないからって、どうしてここまで言われなくちゃいけないんだよ。

　っていうか、父親が最近少し薄くなってきてるから、禿げるとかたとえ話でも不快だ。

「あああ！　もう！」

　気が付いたら、無意識のうちに俺は叫んでいた。

「そうだよ、偽善でもなんでも、岡野さんを助けたいよ！　でもそれができないっていうなら、俺は知りたくなんてなかったんだよ！　怨(うら)みを晴らすってなんだよ！　犯人が捕まったら、本当に亡くなった人は満足なのか？　そんなの、誰にも分かんないだろ！」

平凡に生きたかったんだ。誰の邪魔にもならず、誰にも邪険にされず、誰かに憎まれることも誰かを憎むこともなく、誰を羨むこともなく……とにかく、平穏に過ごしていきたかったんだ。それが、悪いことだって言うのか。誰だって皆、少なからず同じように思っているんじゃないのか。

だけど、それと同じくらい、誰だって死ぬって分かっている人がいたら助けたいって思うはずだ。助けることができないなら知りたくなかったって、皆思うはずだ。

「ところがどっこい、俺には分かるんだな、これが。そりゃあ俺にも遠い未来までは見えねえけど、自分の担当する魂の行き先とその条件くらいは分かるし、魂の状態が死後の事柄によって変化するのも間違いねえ」

「……なんだよそれ」

志川の言葉の意味が、俺にはよく分からない。

魂の行き先っていうのは、天国とか地獄とか、そんなところのことなのだろうか。亡くなってしまった時の状況で何かが変わってしまう、とでも言いたいのだろうか。

「まあさっきも言った通り、やるかやらないかは利雄次第。もしもその気になったら明日の十七時半に、第三橋前の交差点に来いよ」

俺の気持ちなんておかまいなしにそれだけ言うと、志川は部屋から出ていった。

浮かび上がった疑問については、問い詰めたら答えてくれるかもしれない。だけど岡野さんが死んでしまう事実をまだ受け入れられない俺は、怖かった。これ以上知ってしまうのも、自分の無力さを知ってしまうのも、全てが怖かった。

独り部屋に取り残された俺はベッドに寝転がり、現実逃避するように桧原さんに簡単なライムメッセージを送った。

その後は何もする気になれず、しばらくの間天井を眺めていた。


時間というのは、気が付けばあっという間に過ぎているものだ。

翌日俺は何かする気などなれず、上の空で講義を受け、無意識で自宅に戻っていた。時の流れが永遠に止まってしまえばいいと思う反面、重圧から逃れられるなら一瞬で一年経ってしまえばいいとも思った。

ふと時計を見れば、十七時を回っていた。

昨晩からずっと、志川の言葉が頭から離れてくれない。

死んでしまう事実が変えられないのは本当なのだろうか。

だって、今は確かに生きている。俺だって、両親だって、岡野さんだって、今この瞬間は確かに生きている。それなのに、決まっているからって岡野さんの命が今日で終わってしまうなんて、俺には信じられない。信じたくない。

それに、志川の言っていることが全て真実だと限らない。そもそも変えられない運命があるなんて、俺にはちょっと信じがたい。もしかしたら、俺を騙して楽しんでいるだけなのでは、なんて考えも浮かぶ。

――よし。

俺は跳ね起きると、部屋を飛び出した。二階の玄関で適当な靴を引っかけて外に出る。本来なら俺が行ったって何も変わらないはずだ。だけど志川は、俺の出方次第で協力すると言った。それなら、何か変えられるんじゃないだろうか。今俺が行けば、少し、ほんの少しだとしても、何かが変わるんじゃないだろうか。

考えながら、がむしゃらに走った。

確信なんてどこにもない。変えられるかもなんて、ただの偽善なのかもしれない。もしかして、岡野さんのためですらないかもしれない。人の死という重圧から逃れたいがためと、ただの保身に走っている結果なのかもしれない。

でも、俺がそうしたいんだ。

「来ると思ってたぜ」

指定の交差点の前で、志川は涼しげに立っていた。大通りの交差点、夕食の買出しの時間なのか、人通りが多い中でもこの男は相当に目立つ。

俺の行動を読まれていた点は癪に障るが、今は気にしているような時ではない。

「行くか。時間もねえし」

歩き出した志川の言葉に携帯で時間を確認しようとして、持ってきていないことに気が付いた。軽く辺りを見回しても、周囲に時計らしきものは見当たらなかった。

俺がそうして立ち止まっている間にも、志川はどんどん歩みを進めている。いくらアイツが目立つからといって、ここまで来た以上、万が一にでも見失うわけにはいかない。足早にその背中を追ってようやく追い付いたところで、志川が足を止めた。

「あの茶色のビル」

軽く振り返りながら、顎で先にある五階建くらいのビルを俺に示す。

大型スーパーの近くだからか、人通りは交差点より一層多くなっている。俺達が立ち止まったせいで、流れを邪魔された通行人達が少し迷惑そうに避けながら通り過ぎていく。少しでも邪魔にならないように、俺はガードレール側に寄ってからビルを見上げた。

雑居ビルと呼ぶのが相応しいような佇(たたず)まい。決して綺麗だとは言い切れないが、汚いと形容するほどでもない。ごくごく普通の、日常では気にも留めない建物、というのが適切な表現だと思う。

このビルが一体なんだと言うのだろうか。

疑問に思っている俺を見透かすように、志川が口角を軽く吊り上げた。

「ちょうどあの女が通りがかる時に、上から植木鉢が降ってくる」

与えられた言葉はそれだけだった。それこそが岡野さんの死因に繋(つな)がるのだと、今の俺には理解できる。だけど植木鉢が死因になるってことは、いかれた男っていうのは連続殺人犯ではなかったということか。

「お、来たぜ」

言葉通り、俺達とビルを挟んで反対側から、岡野さんが歩いてくるのが見えた。買い物帰りなのか、ビニール袋を手にしている。

俺の全身から、一斉に汗が噴き出した。心臓が耳の隣に持ち上げられたかのように、鼓動が大きく鳴り響く。

だんだんと彼女が近付いて来る。あと一分もしないうちに、あのビルの真下に辿り着いてしまうだろう。

上から植木鉢——志川の言葉が頭の中で何度も繰り返される中、一歩一歩確実に、彼女のカウントダウンが進んでいく。

俺は、どうしたらいい。窓に注意でもしていろと言うのだろうか。それとも、植木鉢が落ちてくるのを待って、落としたヤツを捕まえに行けばいいのだろうか。

残り、数メートル。

気が付くと、俺は走り出していた。通行人をうまい具合に避けながら、岡野さんに向かって走った。

そして、あと数歩で彼女が辿り着いてしまうというところで——俺は速度を落として岡野さんに軽くぶつかった。

「あ、すみません」

小さく頭を下げながら、あくまで自然に彼女の進行を妨げるように立ち止まった。

「いえ……こちらこそ」

ほとんど目を合わせようとしないまま、彼女は立ちはだかる俺を避けようとする。

「あれ、もしかして、昨日の……えっと、岡野さん、ですよね？」

引き止めるために必死で言葉を紡ぎ出した。

名前を呼ばれたせいか、岡野さんの肩がぴくりと跳ねたのが分かった。後ろに一歩下がって、顔をほとんど上げないまま視界の隅で俺が誰かを確認してから、ようやく視線を上げた。

「あ、ああ……お隣の……」

心なしか、岡野さんの表情が安堵のそれに変わったような気がする。引っ越したばかりの土地で名前を呼ばれて、驚いたのかもしれない。それにいつの間にか彼女の左手には携帯が握り締められている。もしかして、不審者と間違えられていたのだろうか。

「こんにちは。お買い物ですか？」

「ええ、夕飯の買出しに。利雄くんは、お遣いですか？」

相変わらず少し疲れた雰囲気があるものの、やっぱり綺麗な人だ。

「はい。ちょっと醤油が切れちゃって……あ、お菓子ありがとうございました。両親もとても喜んでいました」

適当な話題を投げかけながら、横目で志川を探した。斜め後ろ辺りのガードレール側で、笑っているような、呆れているような、そんな表情を浮かべてこちらを見ている。その後、アイツは俺の背後のビルを見上げた。

「いえ、そんな大した物ではないので」

俺も今度は反対側の後方、志川が見上げたのと同じビルを視界の端で確認した。

顔を前に向けたままなので全部とは言い切れない。だけど、どの窓もぴったりと閉まっているように見える。人影までは確認できないが、これはもしかして大丈夫なんじゃないだろうか。死ぬのが決まっているとかいうのは、やっぱり志川が俺の反応を楽しむために言っただけの嘘だったのではないだろうか。

「じゃ、じゃあ何かあったらいつでもうちの事務所にご相談下さい。お菓子の分は、おまけさせていただきますから」

小躍りしたくなる気分を抑え、おどけながら右手を差し出すと、岡野さんは微笑んで俺の手を軽く握った。柔らかくて、温かい手だった。

「その時は、よろしくお願いしますね」

そう言って笑った彼女は本当に綺麗で、その後ろ姿が見えなくなるまで俺の時は止まってしまったかのようだった。

見送ってから少しすると、志川が俺の背後に立つのが分かった。

「あーあ、やっちまったな」

耳元で響いた言葉に俺の体が強張った。難を逃れたとか死期が延びたとかじゃなくて、やっちまったってなんだ。

「で、でも結局何も落ちてこなかったし、窓もどこも開いてないし……もしかして彼女の運命が変わったり、とか……」

だんだんと自分の声が小さくなるのが分かる。志川のふざけながらも嘆くような口調が酷く恐ろしく思えた。

考えての行動ではなかった。ただ目の前で、その悲劇が当たり前のこととして起こってしまうのが嫌だった。変えられない運命なんてない、死ぬと決まっているわけがない、そう思いたかった。

「これであの女、もっと苦しむはめになったぜ」

俺の心臓が、掴まれたかのようにきゅっとなった。志川が近くにいるから起こる息苦しさではない。呼吸の仕方を忘れてしまった、そんな表現が最適かもしれない。

「だ、だけど」

「俺はちゃんと言ったよな？　リストに載っていたら絶対で、たとえ助けたとしても、結局その後で何かが起こってその日のうちに確実に死ぬって」

「……でも……」

反論しようとしても言葉が出てこない。

忘れていたわけじゃない。信じていなかった、いや、信じたくなかっただけだ。

「俺のリストにある限り、未来は変えられねえ。決定事項だからこそ、俺はお前にその後どういう行動したいのか聞いただけなんだけど?」

志川の言葉が体中を這(は)うようにして回っていく気分だ。

「だからお前がやったのはただの助け損、っていうか、余計なお世話」

それが意味するところを完全に理解する前に、俺は走り出していた。

岡野さんの運命を変えられたと思ったし、思っていたかった。自己満足して、自分は良いことしたんだって思って終わらせていたかった。

だけど、志川のあまりにも淡々とした表情を見ていたら、不安に押し潰されそうになった。だから走った。

今だったらまだ追いつくかもしれない。今日中に何かが必ず起こるっていうなら、日付が変わるまでどうにかやり過ごしたらどうなるんだろうか。それこそ本当に運命を変えられるんじゃないだろうか。確証のない望みでも、今の俺にはそれしか懸(か)けるものがない。

何より、さっきから『もっと苦しむ』って言葉が引っかかってならない。余計なお世話っていうのは、岡野さんが苦しむってことではないだろうか。

もうすぐ日が落ちそうな夕方、俺は彼女が辿りそうな道のりを駆け抜けて、自宅の隣のアパートまで戻ってきた。

ここに来るまで彼女に会っていない。家に居る可能性が一番高いと思い、俺は意を決してまずアパートの郵便受けを見に行った。二階建てのアパートに部屋は八つ。だがどこにも『岡野』の文字はない。引っ越したばかりで、まだ変えていないのかもしれない。

どうするべきか悩んだが、三ヶ所あった空白の部屋番号を覚えてから、とりあえず訪ねてみることにした。

まずは一階の名無しの部屋のインターフォンを押す。知らない誰か出てきたらどうやって誤魔化(ごまか)そうか、その時になって何も考えていなかったことに気付いた。幸か不幸か、しばらく待っても誰も出てこない上に、室内に人の気配も感じられなかった。

勢いで別の名無しだった部屋に向かうべく階段を上がる。住人に対する適当な言い訳を考えていたが、良い案が浮かばないうちに部屋の前に辿り着いてしまった。ドアの横の曇りガラス窓を少し覗いてみても、明かりが点いている感じはない。

知らない人が出てきたら、適当に間違えたとか言えばいいと決心して、俺はインターフォンを押した——が、しばらく待ってみても返事はない。続いて最後の一室のインターフォンを押したが、やはり誰も出てこなかった。

行き詰まった俺は、これからどうすべきかを考える。

あのまま家には戻らなかったのか、もしくは買い忘れがあったとかでもう一度外に出たのか、どちらにしても外出中だということだけは確かだ。どこに行ったかなんて、もちろん分かるわけがない。志川の言う、苦しむ状況っていうのがいつ起こるのかも分からない。

完全な手詰まりだ。

もういいんじゃないか、なんて考えが一瞬頭を過よぎる。

それを振り払うかのように、俺は階段を駆け下り、また走り出した。

この近所で若い女性が行きそうな所、買い物、娯楽、なんでもいいからとにかく思い浮かべてみる。

岡野さんを探して、とにかく死に物狂いで走った。交差点からの道を何通りにも変えて往復して、ドラッグストアやスーパー、コンビニを巡ってみた。次第に暗くなっていく中、アパートのあの三部屋に明かりが点いていないか確かめてもみた。

そうやって二十時前まで探し回ったけど、結局見つけることはできなかった。

ずっと走っていたせいで、体力的にも限界が来ていた。癪だが志川にアドバイスを仰ぐことも考え、俺はひとまず家に帰ることにした。

川沿いの道を息を整えながら歩いていると、一人の男とすれ違った。暗そうな雰囲気で痩せ型の男は特に目立つわけでもなく、普段ならきっと気にも留めなかったはずだ。

だけど、なぜだか奇妙な違和感を覚えて俺は思わず振り返った。

季節外れの手袋。その腕に付いた、真っ赤に腫れている幾多の引っかき傷がひどく印象的だった。


夕飯を皆より遅く食べ終わった俺を部屋で待ち構えていたのは、言うまでもなく志川だった。

コイツの部屋は別に与えられているわけだし、何より部屋の主が留守なのに勝手に入り込んでいるのはどういうことだ。アドバイスを仰ごうと一瞬でも考えたことを後悔しつつ、俺は無視して机に向かった。

「で、女は見つかったか？」

俺は答えない。無意味に鞄からノートを取り出して、机に広げてみる。

「まあ、お前に見つけられるわけねえんだけど」

気が付いたら下唇を噛み締めていた。俺が走り回っている間どこにいたのか知らないが、全てを知っているような口ぶりだ。

「やっちまったもんはどうしようもねえんだけど、俺言ったよな」

聞きたくない。

「本当に、ただの余計なお世話になったぜ」

聞きたくない。だけど志川の声は嫌でも耳に入ってくる。

「もしかして勘(かん)付いてるかもしんねえけど、あの女、もう死んだぜ」

開かれたノートがまるで白紙にでもなったかのように、目の前がぼやけていく。世界が歪んでいくような、揺れているような気さえする。

だけど志川は、何の感情も含まれない口調で続けた。

「本来なら、片思いをしていた男が脅し目的で落とした植木鉢で、当たり所悪くて苦しむことなく死ぬはずだったんだけどなあ」

聞きたくない。聞きたくないけど、きっと俺は聞かなくちゃいけない。

「お前が余計なことをしたせいで、かなり苦しんで逝(い)ったんだぜ。それだけならまだしも、死んだ後も色々酷かったなあ。あれもお前のせいだよな、やっぱり」

体の震えが止まらない。

つい何時間か前まで、彼女はあんなに綺麗に微笑んでいたのに。

「お前のやった行いの結果を、知る義務があると思うぜ」

志川の近付いてくる足音がしたかと思うと、後ろから片手で頭を掴まれた。抵抗する気力もない俺は、振り払うことをしなかった。

「味わわせてやるよ」

なぜだか少し嬉しそうな志川の声が、だんだんと遠ざかっていくのを感じた。

突然訪れた息苦しさに、意識を取り戻す。

薄暗い中、ぼやけた視界にはキャップを目深に被る男が映った。

首を絞められているんだと、状況を把握するまでに僅かな時間を要した。

手足でもがいて抵抗を試みたものの、両足は何かで括られているのか自由が利かない。

動かせる手だけでなんとか首を絞めているものから逃れようとするが、紐のような物できつく絞められているせいか、指が入らない。男の手を掴んでどうにかしようとしても、紐が緩むことはなかった。

苦しい。息ができない。苦しい。

頭がずきずきと痛むのは、呼吸ができないからだろうか。

「苦しい……？　俺も苦しいよ」

声をかけられて見上げると、男の緩んだ口元が見えた。特徴的なほくろが、笑うたびに動く。

「好きだよ、志保。ずっと、好きだったよ……もう、志保は俺のものだ」

目尻から、生温かい液体が耳に向かって落ちていく。

苦しい。このまま、死んでしまうのだろうか。

逃げられたと思ったのに、殺されてしまうのだろうか。

苦しい。息をさせて。

苦しい。苦しい。苦しい。苦しい。

誰か、助けて。

首を掻きむしりながら、もう一度男を見上げた。

相変わらず彼の口元は緩んでいる。満足そうな顔に、このまま本気で殺すつもりなのだと、確信した。

「せっかくの綺麗な肌、あんまり傷つけちゃだめだよ……大丈夫、もう終わるから」

言葉通り、紐が一段ときつくなった。

嫌だ、死にたくない。

意識が朦朧（もうろう）とし始めて、視界が白くなっていく。

指先の感覚も、絞められている感覚も、次第になくなっていく。

「もう、誰にも、アイツにだって、志保は渡さない……」

死にたくない。助けて。助けて、ヒロ。

強く想っても。

強く願っても。

——全て、真っ黒に飲み込まれていった。

気が付いて、俺は思い切り咳き込んだ。

自分の部屋に居るってことを認識するまで、かなりの時間がかかった。

「どうだった？」

床に倒れている俺を、いつの間にか椅子に座っている志川が見下ろしている。

全身で呼吸を整えながらその憎たらしい顔を眺めて、ようやく岡野さんの最期の瞬間を見せられていたのだと理解した。いや、見せられていただけではなく、どういう原理なのかは分からないが、彼女自身の感覚も感情も味わわされていたのだと思う。

常識的に考えればそれらを見たり感じたりしたなんて、信じられないことだ。だけどそう、もう志川が存在している時点で、俺の中の今までの常識なんて消え失せている。

自分自身が本当に味わっている恐怖なのだと信じて疑わなかったくらい、生々しく現実的な感覚だった。だからこそ彼女の痛み、無念さが痛いくらいに分かった。

「今のを見て、どうしろって言うんだ……」

ゆっくりと体を起こして、志川を睨み付けた。虚勢を張っているだけなのは志川にも当然分かっているだろう。

「さあ？　それを決めるのは俺じゃねえって、最初から言ってんだろ」

「俺だって決められるかよ……」

絞り出した声は、掠れていた。

再び床に仰向けに転がり、両手で顔を押さえた。

「お前が行動した結果によって起きた出来事だ。この後どうするかもお前次第だろうが」

志川の言う理屈は理解できる。俺が話しかけなければ、岡野さんは自分に何が起こったのか分からないまま亡くなっていたかもしれない。死を迎えるという結果が変わらなかったとしても、その方がましだったかもしれない。少なくとも、あんな風に苦しんで亡くなることはなかった。

「……お前、犯人知っているんだろ……？」

「そりゃな」

「……誰なんだ？」

以前聞いた言葉に間違いないなら、このままでいくと犯人が捕まるのはまだ先の話になる——俺が何もしなければ。たとえ偽善だとしても、無念を晴らしてあげたい。

「内緒」

「なっ……」

予想外の返答に、俺は思わず上半身を起こした。

「なんでだよ！」

怒鳴りつける俺を、志川は相変わらず憎たらしい笑みを浮かべて見下ろしている。

「一気に正解に辿り着くなんて、つまんねえだろ」

「つまらない、つまらなくないとかの問題じゃないだろ！」

「残念、俺にとってはそういう問題なんだな。人の生死よりも、旨い物の方に興味があるお年頃だしな」

悪びれる様子なんて全く、微塵もない。

「ほら、利雄はせっかく探偵事務所の息子なんだし？ しかもパパさんは元捜査一課の敏腕刑事だし？ 自分で解決して見せてくれよ。多少のヒントならやるからさあ」

「ふざ、けるなよ……」

ゆっくり立ち上がった。握り締めた俺の両拳が震えている。

「人が一人死んでいるのに！ そんなこと言ってる場合じゃないだろ！」

しかし、志川はぴくりとも表情を変えない。

「あのなあ、俺に人間の感覚を求めんなよ。お前の行動があってもなくても、死ぬのは変わらなかった。けど、こっからのお前の行動で、あの女の魂の行き場所は決まる。どうするかはお前の勝手だし、俺にとっては回収した後の女の魂がどうなろうと管轄外なわけで、実際興味はない。協力してやってもいいけど、俺が協力するメリットを考えろ。こっちにだって、選ぶ権利はあるわけ。楽しくもない無償奉仕なんてごめんだぜ？」

興味がないというのは、本当のことだと思う。コイツが俺に犯人捜しをさせようとしているのは、魂の行き場所がどうとかではなく、ただ面白そうだからに過ぎないのだ。

俺とは絶対に相容れない考えだとしても、コイツの感覚で言えばこれが正論なんだろう。この先いくら人間の情で訴えたとしても、理解されることはない。

俺の心中を読み取ったのか、志川が一瞬口角を上げた。

「ご理解いただけたようで、何よりです」

そして営業スマイルかと思うほど良い笑顔を浮かべ、なぜか深く一礼をした。多分女性が見たら見惚れるくらい優雅な動作だった。もちろん俺には苛立ちしか湧いてこないが。

「何なら、教える気があるんだよ」

俺がやりたいことは何かを考える。例えばそれがコイツにとって娯楽でしかないとしても、岡野さんのためにできることは何かを考えるべきだ。

「切り替えが早いな。さすが俺が見込んだだけはある」

見込まれたくなどなかった――そう言う代わりに、俺は志川を睨み付けた。

「まずは一晩、見た映像からお前なりに推理して明日俺に報告してみろよ。んで、気が向いたらなんか教えてやる」

気が向いたらなど、どこまで人を舐め腐っているのだろうか。とりあえず俺は一度大きく深呼吸して、気持ちを落ち着かせる。

「……分かった」

「じゃあ、駆け出し探偵の推理を楽しみにしてるぜ」

そう言って、志川が立ち上がった。

「ただの大学生を探偵とか言い出す理解力の足りない阿呆(あほう)は、明日には地球上から消えてくれりゃいいんだけどな」

「いいねえ。そういう強がりは、嫌いじゃねえよ」

俺の虚勢を見透かした志川は、含み笑いを浮かべながら手をひらひらとさせて、部屋から出ていった。

それとほぼ同時に、俺は力尽きたようにベッドに倒れ込んだ。


翌朝、外の騒がしさで目を覚ました。正確に言えばあの映像が頭から離れなかったせいで一睡もできなかったため、カーテンを開いてようやく朝だということに気付いた、と言うべきだ。今日が土曜日で良かった。そうでなければ講義をサボっていたところだった。

重い体を無理やり起こしてとりあえず居間に行ったが、誰もいない。時計を見れば十時少し前だったので、両親はもう事務所に移動したのだろう。

しかし俺の推測を打ち消すかのように、テレビは付けっ放しでマグカップも置きっ放しだ。志川の姿が見えないのはどうでもいいとして、部屋の様子から、両親は慌ててどこかへ出かけたかのように見えた。

リモコンでテレビの電源を落とした俺はそういえば外が騒がしかったことを思い出し、

二階の玄関を開けて確認することにした。

岡野さんが住むあのアパート前に、黄色い立ち入り禁止のテープが張られている。更に警察と報道陣、そして野次馬(やじうま)で道路が溢れかえっていた。

ああ、もう遺体が発見されたんだ――朦朧とする頭で、俺はぼんやりと考えた。

「大家さんが今朝、血痕で気が付いたんですってね」

「綺麗なお嬢さんだったのに」

「うちにもちゃんと挨拶に来たわよ。若いのにしっかりしてたわね」

「怖いわよねえ。早く犯人見つけてくれないと」

「テレビの人が言ってたけど、本当にあの連続殺人事件なのかしら」

「あら、じゃあ今回も目を……?」

半分まで階段を下りた俺の耳に、近所の人達の会話が次々と入ってくる。

報道陣は近所の人達にカメラを回し、インタビューのマイクを向けている。恐怖を煽(あお)るような報道陣の誘導的な質問に、人々が大げさに答えていく。聞こえてくる質問と回答から察するに、報道陣はすでにあの目玉をくり抜く犯人による連続殺人事件として認識しているようだ。

本気で悲しんでいる人達なんて、きっとこの中にはいない。『かわいそうに』なんていくら口で言ったたって、結局誰にとっても他人事だ。あれほど生きたいと願いながらも殺された人の気持ちは、俺だってあの体験さえなければ本当の意味で分からなかった。

警察の鑑識が岡野さんのアパートの前や道路で焚（た）いているフラッシュも、立ち入り禁止区域手前で焚かれる報道陣のそれも、あまりにも眩しかった。強すぎる光に痛みを覚え、反射的に瞼（まぶた）が下りる。瞬間、昨日志川に見せられた映像が、フラッシュバックのように次々と脳裏に映し出された。

抵抗しても弱まることのなかった首の紐。

視界に嫌でも入ってきた男の緩んだ口元。

自分のことしか考えていない男の言葉。

最期まであきらめなかったのに届かなかった願い。

気が付けば呼吸が乱れ、眩暈を起こしていた。上半身が前のめりになり、階段の手すりを掴んだ時、誰かが俺の肩を叩いた。両親かと思いながら振り返ると、たかだか二日で見飽きたヤツの顔がそこにあった。

言葉では言い表せられないほどの腹立たしさがある。コイツに勝手に巻き込まれたという被害者意識も当然持っている。どれほど文句を言ってやりたいか分からない。

「さあ、聞かせてもらえるかな、利雄先生」

一昨日には近付かれるだけで気持ち悪くて仕方なかったのに、この状況下ではあのフラッシュの嵐よりも落ち着く気がする。志川の顔を見ていれば、現実ってものに焦点を当てられるような気さえしてくる。コイツの存在なんて、現実とはほど遠い存在のはずなのに。

　恐らくコイツにとって誰かの死は、本当に仕事上の関わりに過ぎなくて、馬鹿みたいに騒ぐためのものでも、好奇心をそそられるものでもなんでもなくて、現実であり日常であるからかもしれない。

　もちろん、コイツが近くにいるせいで心身ともに気分が悪いのは変わらないが。

「先生ってなんだよ。頭沸いてるんじゃないか」

「それでも、あっちの連中よりマシだと思ってんじゃねえの？」

　志川が顎で示したのは、報道陣や野次馬達だ。マシだとは思っていないと言いたいのを飲み込んで、俺は大きくため息をついた。

「んで、ご推察は？」

「犯人は買い物帰りの岡野さんを見つけて、後をつけた。家に着いたところでそのまま押し入って、犯行に出た……くらいしか、思い付かなかった」

「なるほどねえ」

　否定も肯定もせず、志川は顎に手を当てた。

　俺が言った内容なんて、誰にでも推測できる程度のことだ。意外性も何もないし、あれを見せられたから特別に分かっていることなんて殺害方法くらいしかない。

他に引っかかった点は岡野さんの思考に出てきた『ヒロ』という名前だ。犯人の名前かとも一瞬疑ったが、だとしたら『助けて、ヒロ』はおかしい。恋人か何かの名前だと考えた方が自然だ。それなら犯人の『アイツにだって渡さない』もしっくり来る。

そういえば、先ほどからずっと立ち入り禁止範囲内で警察と話している男性がいる。後ろ姿しか見えないが、時折嗚咽（おえつ）しているようにも見える。背格好からして若そうだから、父親というわけではないだろう。もしかしたら彼が『ヒロ』なのかもしれない。

そんなことを考えながらふと視線をずらすと、事務所の入り口で両親が警官と話しているのが見えた。探偵事務所だから、ではなく、純粋に近所の人への聞き込みをしているのだろう。それを裏付けるように、他の近所の人も数名が警官と話している。

マサおじさんは来ていないのかと気になり、アパートの方にもう一度目を向けた。ちらほらといなくなった人もいるようだが、その分違う人が増えているようにも思う。

そこで、俺の息が止まった。

人の群れの奥にいる一人の男。少しよれたグレーのTシャツにジーンズをはいている。キャップは被っていないが、あの顎の形と口元を、俺は知っている。

「お、どっか行くのか?」

階段を下り始めた俺に、志川が背後から声をかけてくる。だが、説明している場合ではない。見失うわけにはいかないのだ。

人ごみの中に入ると、不自然にならない程度に男へ近付いていく。まるでテープの先が気になった風を装い、視線も群集と同じ方向に向けながら、視界の端で男を捉える。

腕を組んでいるために少ししか見えないが、手にあるのは引っかき傷だ。口元にあるほくろの位置から考えても、間違いない。この男が犯人だ。

俺の全身の毛が逆立つような感覚と共に、握った両拳には力が入っていく。絶対に逃がさない、そう思いながら俺が一歩踏み出そうとした時——誰かに腕を思い切り掴まれて引き戻された。あまりにも強い力に、俺はあっという間に野次馬の集団から抜け出していた。

「何を……！」

文句を言おうとして振り返ると、そこには呆れた顔をした志川がいた。

「お前こそ、何してんだ？」

「何って、分かってんだろ」

犯人に聞こえないように小声で切れる俺に、志川は大げさにため息をついた。

「いいから来い」

腕を掴まれたまま連れていかれたのは我が家の外階段だった。幸い、犯人の姿はここからでも確認できる。

「アイツで間違いないんだ。お前にだって分かるだろ？　俺が動くのを楽しく観察していたいなら、構うな」

「おいおい、何熱くなってやがんだよ。お前はあの男の犯行をどうやって立証する気なんだ？　いきなり捕まえたら逆にお前が警察に取り押さえられると俺は思うんだが。いやまあ、俺としては、それはそれで面白いけどよ。うん、悪くねえわ。やっぱ行ってもいいぜ」

志川の言葉を頭の中で反芻しながら、俺は掴まれた腕を思い切り振り払った。

確かに、アイツが犯人だと裏付ける証拠なんて持っていない。室内で起こった事件なのに犯行現場を見たなんて無理がある。今ここで昨晩犯人をこの辺で見かけたと警察に告げても、事情聴取で終わってしまう可能性だってある。

それに一年前から数人を殺害しておきながら、まだ手がかりも見つかっていないとされる相手だ。今俺が捕まえたところで、うやむやになってしまうかもしれない。

「少しは頭冷やせたか？」

「……証拠が必要だってことだろ」

コイツに諭されたという事実は非常に不愉快だが、多少は冷静さを取り戻した。

「ご名答。さすがは駆け出し探偵。で、どうする？」

「まずは尾行して、アイツの素性を確認する」

自分でも驚くくらい、すんなりと口に出ていた。父親の職業のおかげかもしれない。

「まあ、そうなるよな」

「すぐ用意してくるから、お前はアイツを見張っておけよ」

階段を数段上がってから、俺は志川を見下ろして言った。

「え？　俺に言ってんの？」

「他に誰がいるんだよ」

「面倒臭い」

「お前の望み通り動いてやるんだ、それくらいしっかり見ておけ」

「しょうがねえな。んじゃ、一分な」

俺はそれ以上何も言わないまま、急いで部屋に戻って準備をしたのだった。


幸いにも、俺が準備をしている間に犯人は動かなかった。適当な服に着替えて携帯と財布を持ってきただけなので、二分もかかっていないとはいえ、それくらい余裕があるのかと思うと腸(はらわた)が煮えくり返るが、ここはひとまず幸運だと捉(とら)えておこう。

結局、男が動いたのはそれから数分してからだった。

男は、一体何が目的なのか分からないが、何度も携帯で周辺の写真を撮っているように見えた。自分の犯行現場を写真に収めておきたいとでもいうのだろうか。

歩き出すのを野次馬に紛れて確認してから、俺はその後に続いた。あの毒々しい気配で、志川も付いてきているのが分かる。

携帯を弄りながら、男は月見ヶ丘駅の方向へ歩いていく。特に周りを気にした様子がないのは自分が捕まるはずはないって思っているからなのかもしれない。けど、今回は絶対に年貢(ねんぐ)の納め時ってのを教えてやる。

「どうやって証拠を集める気だ?」

いつの間にか隣に来ていた志川に、俺はまず舌打ちを返す。

「そんなの分かるか。今は黙って歩け」

「ご利用は計画的にって言うじゃねえか」

「なんの話だ。いいから今すぐその口を閉じろ」

男に気付かれたらどうするんだと怒鳴りつけたいが、万が一にも耳に入ってはまずい。俺はなんとか小声で志川をやり過ごそうとする。

「あ!」

あともう少しで駅前という所で、志川が声を上げる。慌てて男を確認したが、気に留めていないようだ。

「何なんだよ。邪魔しかできないなら帰れ」

再び舌打ちをして志川を睨み付けるが、ヤツの目に俺は映っていないどころか、見ているのは横断歩道の向こう側のアイスクリームチェーン店だった。

「俺、あそこのアイス結構好きだぜ! 特にチーズケーキ味な」

「不要すぎる情報のご提供、ありがとうございます」

目を輝かせながら訴えかけてくるが、もちろん無視だ。

そうこうしている間に、男は駅の改札を通り抜けてしまっている。俺は慌てて改札まで走り、ＩＣカードで通過した。志川もきちんと付いてきている。切符を購入した様子もないし、まさかＩＣカードなど持っていないはずだ。一体どうやって改札を通ったのかは、考えない方がいいかもしれない。

男はとっくに改札の向こうに消えてしまっているが、この駅のホームは一つしかないから慌てる必要などない。とはいえ、電車の接近アナウンスには注意している。

ホームに上がり少し左右を確認すると、相変わらず男が携帯を弄りながら立っているのが見えた。心なしか口元が緩み、笑っているかのように見える。

ほっと胸を撫で下ろしたのもつかの間、ホームにアナウンスが流れた。高校の通学時に使用していた方面の電車がやって来て、男は周りを気にすることのないまま乗り込んだ。同じ車両の、別のドアから俺と志川も乗車する。

「おい、もっと近寄ろうぜ」

多少座れない乗客がいる程度の車内で、さすがに空気を読んだのか、先ほどまでより随分と小声で志川が話しかけてきた。

遠目から尾行するのが一番いいとも思ったが、正直あの男の見ている携帯が気になって仕方ない。俺は黙ったままドアの前に立つ男に近付いていった。

ドアのすぐ横のつり革に掴まって覗き込んだ携帯の画面に、俺は思わず声を漏らしそうになる。

そこに映されているのは、間違いなく岡野さんだった。

男は、一枚の写真を数秒見つめてはスワイプさせ、次の画像を表示させている。

こちら側に背を向けているため、男の表情は分からない。けどそのおかげで俺も携帯の画面を悟られずに見ることができる。写真は、どこか遠くから撮られたようなものやピンボケしたものが多かったが、どれも岡野さんを被写体にしていたものばかりだった。

次々に表示される写真の量からして、結構前から盗撮していたのだろう——と、その答えに辿り着いた瞬間、映し出されたのは、どこかで横たわる岡野さんだった。

この服装には見覚えがある。多少乱れてはいるが、俺が昨日会った時の岡野さんの服装で間違いない。

次に表示されたのは、首に紐が巻きついた写真だった。岡野さんの目は閉じられ、顔は青白い。考えたくもなかったが、あまりにも生気のないその顔は、寝ていると解釈するには無理があった。つまり、この男は殺害した後にも写真を撮っていたということだ。

「なかなかの趣味の持ち主だな」

志川が感心するかのように囁いた。

志川が形容した通り、この男はいかれている。殺した相手の写真を公共の場でずっと見続けているのも相当だが、死後の写真を何枚も角度を変えて撮るなんて普通では考えられない。

今すぐ殴りかかりたい気持ちを抑えて、俺はひたすらにつり革を握り締めていた。

三駅先で携帯をしまいながら降車する男に、俺と志川は少し間を空けてから続いた。このまま家を突き止めて、表札で名前を確認して……あとは証拠だ。

何なら決定打になるだろうか。犯行に使った紐、当日被っていたキャップ、履いていた靴、それとも他の四件と同じようにくり抜いた眼球か。

想像しただけでも本当に胸糞悪い。

「尾行って、やっぱ探偵っぽいよな」

「黙れ」

呑気（のんき）に呟く志川を一蹴する。

なぜ犯人は被害者の眼球をくり抜いて持ち去るのだろうか。欧米では、人体の一部を記念品として持ち去る犯行がよくあると本で読んだことがあるが、この男も記念品として眼球を選んだのだろうか。

『記念品』が並んだ男の部屋の光景を想像して、思わず口元を押さえながら改札手前の犯人を睨み付ける――と、そこで気が付いた。

あの携帯。

あれだけ岡野さんの写真があれば、決定的な証拠になる。しかも、携帯なら持ち主が誰であるか、調べるのは警察にとって造作(ぞうさ)もないはずだ。

「おい、志川」

「なんだ?」

「お前、スリは得意か?」

「やったことねえけど、まあできるだろうな、普通に」

さすがは人外、思った通りの答えだ。姿を消せるのだから、スリくらい容易(たやす)いはずだ。

「じゃあ、あの男から携帯盗ってこいよ」

俺が顎で男を示すと、志川が右拳をポンッと左手にのせた。この大げさな反応は、俺が何をしようとしているか理解したようだ。

「嫌だ」

「俺に協力するって言っただろ」

断られることくらい、想定の範囲内だ。まだ慌てる必要はない。

「でもぉ、俺盗みなんてしたことないしぃ、不安だなあ」

わけの分からない作った口調が腹立たしいことこの上ないが、まだまだ耐えられる。

「うちの春巻きは盗み食いしたんだろうが。それと大して変わらないだろ」

「なるほど、確かにあまり変わらねえな」

おっと、思ったよりも素直だ。

「でも、嫌だ」

前言撤回、そうでもなかった。

だが、こちらとしても引き下がるつもりなどない。こういうこともあろうかと交渉の材料はちゃんと用意してあるのだ。

「……駅前のアイス、旨いよな」

まるで独り言かのようにポツリと、しかし確実に志川の耳に入る程度の大きさで俺は呟いた。前を歩いていた志川の足が、一瞬だけ止まったのが分かる。

「ほう……そう来るか、利雄くん」

「五月とはいえ、今日は結構暑いしな。アイス日和だ」

元から食にこだわっている志川の、駅前でのはしゃぎぶりから考えて、相当食べたいのは疑いようがない。あの場では流しておいたが、ちゃんと手札として覚えている。

「仕方がねえ。その小賢(こざか)しい交渉にあえて乗ってやろうじゃねえの」

「仕方がないって、お前アイスが食いたいだけだろ」

「そうとも言う。じゃ、行ってくるぜ」

今まさに改札出口に向かおうとしている男に、志川が近付いていく。姿を消さずに行ったことは予想外だったが、志川は軽く男にぶつかって通り過ぎた。

よし、上手くいった。多分。

俺は確信を胸に、改札を出て志川のもとに駆け寄った。

背後で男は携帯がないことに気付いたのか、言葉にならない叫び声のようなものを上げて改札内に戻っていくのが分かった。普通に携帯を落としても相当慌てるだろうから、あの携帯をなくした反応としてはこんなものだろう。せいぜい、しばらく探していればいい。

「ほらよ。ダブルな」

言いながら、志川が俺に向かって携帯を投げる。

「寝言は寝て言え。シングルで我慢できないのかよ」

「する意味がねえし、その必要も感じねえ」

「意味も必要も感じろよ、居候(いそうろう)が」

この程度で随分と調子に乗っているようだが、助かったのは事実だ。こんなところで嫌味合戦をするより、今はやるべきことがある。

携帯を駅で拾ったら駅員に届けるのが定番かもしれないが、それでは意味がない。駅の周辺にはたいてい交番があるはずだ。まずはそれを見つけよう。

駅構内を出て周囲を見渡すと、思った通り交番が目に入った。

公共の場で堂々とあんな写真を見ていただけあって、携帯にはパスワード制限がかかっていなかった。足を止めてから男の携帯を操作し、フォトアルバムを開く。さっき見た通り、岡野さんばかりを写した写真がずらりと並んでいた。

携帯を握りつぶしたくなるのを堪え、俺は一番まずいと思われるフォトフォルダ——つまり、昨日撮られた写真のフォルダを開いた。

「……クソッ」

「駆け出しさんには刺激が強すぎるか？」

俺の横から覗き込む志川が、笑った。

俺は吐き気を堪えているっていうのに、片方の眼球をくり抜かれた岡野さんの画像を見て笑えるなんて、どうかしている。脳内の冷静な俺がコイツを殴りつけろと囁いたが、息を静かに吐いてやり過ごす。

その画像をまずはロック画面と待ち受けの背景に設定し、フォトフォルダを開いたまま携帯の画面をオフにした。これでたとえ何を押したとしても、警察は必ず見てくれるはずだ。

そこまでしてから、俺はようやく交番に足を踏み入れた。

夕方、居間のテレビから『今朝、H市のアパートの一室で女性の遺体が発見された事件で……』と耳にした俺は、慌てて画面前に走り寄った。

『H市に住む、二十五歳の大学院生が逮捕されました。容疑者は以前から被害者の女性に付きまとい、女性が昨年から警察へ相談していたことが分かりました。また犯行の手口から、これまでH市近郊で起こっている四件の殺人事件についても関与の疑いがあるとして、警察は余罪を調べています』

アナウンサーが機械的に読み上げる中、画面にはあの男の写真が映っていた。

俺は憑き物が落ちたかのように、その場に座り込んだ。

この気持ちをなんと表現すればいいのだろうか。安心、とも少し違う。頬を生温かい液体が伝っていく。これが俺の中のどの感情から出たものなのか、分からない。分からないが、しばらくの間、それは止まることなく流れ続けていた。なぜだか、この生温かさが癒してくれる気がした。

変えられない運命だったなら、俺にはあれしかできなかったって言うなら、せめて岡野さんが一瞬だとしても笑ってくれていたらいい。

そうならいい。

そうなら、俺が体験した苦しみや葛藤(かっとう)なんて、きっとなんてことはない。

良かったなんて俺には言えないけど、それでもいつか思いたい。

俺は少しでもあの人の役に立てたって、思える日が来ることを今はただ願おう。

第三章

　昨日、一昨日とあまり寝られなかったせいか、今日は久しぶりに熟睡できた気がする。起き上がって俺は大きく伸びをした。

　適当な服に着替えていると、ドアが少しだけ開いたのに気が付いた。

「よう、利雄」

「ノックはどうした」

　親しき仲にも礼儀ありという言葉があるが、親しくない仲なら余計に礼儀は必要だ。しかし相手は人間ではないから、言ったところで無意味なのかもしれない。

「ノックしてもしなくても、お前どうせ返事しないだろ」

　なんだ、分かっているじゃないか。

「まあ、返事がなくても俺は勝手に入るけどな。つまり過程を短縮してやったんだ、ありがたく思って欲しいぜ」

「ふざけんな。朝っぱらから不愉快になるお前の顔を、わざわざ見せに来るな」

わざとらしいため息をつきながら、俺は隙間から覗き込んでいるヤツを睨み付けた。

「今日も楽しいことしようぜ！　幸いにしてネタは腐るほどある」

「断る！」

即答で返したのに、志川は後ろ手にドアを閉めながら部屋に入ってきた。どうして家庭内の個人の部屋には不法侵入が適用されないんだろう。家族はともかく、居候には適用させてもいいのではないだろうか。

「つれねえなあ。昨日ちゃんと手助けしてやったのに」

「アイスっていう代償をしっかり払ったんだ、手助けじゃないだろ」

昨日の志川の喜びようは正直うざかった。

「あれは旨かった。また頼むぜ！」

「謹んで辞退させていただきます。っていうか出ていけ。お前がいると気分が悪くなる」

「もう未知の存在相手じゃねえのにどうした。大丈夫か？　もしや病気か、主に頭の」

言葉だけから読み取れば最後以外は心配されているように受け取れるが、実際の志川の顔には胡散臭い笑みが浮かんでいる。

「存在を否定したいヤツが傍にいたら、誰だって胸糞悪いだろ。それにいかれているのはどう考えてもお前の方だ」

精神的にきついのは言うまでもないが、コイツが近くに寄ってくると吐き気がするのは相変わらずだ。やはり志川は俺にとって疫病神のようなものでしかないってことだ。

「まあ、確かに俺はお前にとって害にしかならねえ。その感覚はいたって正常だ」

「自覚あるのかよ！」

ますます性質が悪い。一体コイツはいつまで我が家に居るつもりなのだろうか。すっかり両親とも仲良くなってこの家に溶け込んでいるようで、正直危機感しか湧かない。

「そんなことはどうでもいいからよ、今日はどうするよ？　せっかく日曜日だし、俺の退屈をふっ飛ばしてくれよ」

「なんで俺がそんなことしなくちゃいけないんだよ」

相手をする必要はないし、相手にしてしまえば無駄に体力と気力を消耗するだけだ。

「今日はちょっと趣向を変えるってのもありだと思わねえ？」

「どんな趣向でも俺はやらないけどな」

死ぬ運命は誰にだっていつかは訪れる。今この瞬間だって一体地球上で何人亡くなっているか分からない。志川の言う担当地域がどれほどの広さか知らないが、きりがないことは確かだ。それならさっさと逃げてしまうに限る。俺は携帯と財布、そしてバイクのカギをズボンに突っ込んだ。

「ふーん。じゃあ俺が勝手に独り言を言ってやろう」

誰がそんなの聞くか。

聞いてしまう前に部屋を出ようとしたが、志川の方が早かった。

「今日、小椋のばーさんが死にまーす」

ドアノブに伸ばそうとした俺の手が止まった。どの小椋さんなのかなんて聞く必要はない。母親と同じ病室にいた、あの老婦人のことだ。

「それが、どうかしたのかよ」

俺の声は掠れていた。聞き流せば良かったのかもしれないが、どうしてもできなかった。

「別に？　不幸な事故で八年ぶりの孫との再会前に死ぬとか、まあ利雄には関係ねえよな」

横目で志川の表情を確認すると、相変わらず嫌な笑みを浮かべている。色々と計算した上で発せられるコイツの言葉に腹を立てつつも、聞き流すことのできない俺がいる。

母親が入院中、小椋さんのところにはそれなりに見舞客がいた。だけど、確かに孫らしき人物は一人も見かけていない。それに俺を見て、なぜか少し寂しそうな表情を浮かべていたこともあった。志川を信じるわけではないが、八年ぶりに孫に会う、と言う話の信憑(しんぴょう)性はそれなりだと思う。ただ。

「不幸な事故って、なんだよ」

ガンで亡くなるなら分かるが、不幸な事故というのは引っかかった。

「今日の十五時前、病院内の階段から落ちる。不幸な事故だろ？」

「もし、落ちなかったら？」

「その後すぐに、やっぱり落ちる」

淡々と志川が言う。

階段から小椋さんを遠ざければ、どちらも避けられる。問題はその先だ。

「それも、落ちなかったら？」

「二十三時半に病状の急変による心肺停止」

つまり、孫には無事会えた後ってことだ。孫に再会できてから迎える死と、再会できずに迎える死。どちらが良いかなんて、考えるまでもない。

俺は普通でいたい。人助けをしたいわけでもないし、人に恨まれたいわけでもない。ただ、常にそこら辺の通行人Aとして過ごしたいと思っているだけだ。

だけど、今からの俺の選択は、通行人Aではいられない。

まずは大きく深呼吸をしてから、ゆっくりと志川を振り返った。

「小椋さんが、落ちるのはどの階段だ？」

十四時を少し回った頃、俺は愛車に跨り四ツ橋大学付属病院に向かって走り出した。日曜日で多少道が混んでいても、バイクならそれほど影響はない。予定通り、十四時半過ぎには病院に到着していた。

駐輪場にバイクを停めて、ヘルメットを脱いでから病院を見上げた。当たり前だが、母親が退院した時となんら変わらない白い建物がそこにはある。ただし、見上げる俺の気分は全く違う。緊張と重圧で、志川が居ようが居まいが吐き気がしそうだ。

だけど、これからする行いが正しいのかどうかを考えるのはもうやめた。小椋さんを孫と会わせる、それだけを考えることにする。

ヘルメットをバイクに引っかけてから、病院内へ向かう。

「三〇四号室から一番近い階段でいいんだな?」

志川の気配は全くなかったが、俺はあえて尋ねた。途端、あの毒々しい気配が現れる。

「そそ」

「お前は担当地域全員の人間関係とか、死亡原因とか、そういった事情を全部把握しているのか?」

少しだけ時間に余裕があるせいか、俺は昨日から疑問に思っていたことを口にしていた。

「え? もしかして俺に興味持っちゃった? なんだよ、照れるじゃねえか。よし、仕方がねえから答えてやる」

いや、もういい——そう言おうとしたが、志川が勝手に先を続けていた。

「死ぬ人物の背景ってことなら届くリストに大まかには載ってるぜ。んで興味がある場合っていうか、お前の興味が湧きそうな案件の場合には細かく調べるな」

なるほど。納得したくはないが、前回と今回の件をわざわざ志川が俺に話した理由が分かってきた。

いや待て。じゃあ俺のことはどうやって知って、なんで調べたんだ。

余計に腑に落ちない点が増えたが、今は問い詰めている時間がない。志川を無視して、俺は病院内へと足を踏み入れた。正面玄関から三〇四号室までは五分もかからないが、階段を駆け上がっていく。

三階に辿り着いても、小椋さんの姿は見えなかった。

時刻は十四時五十二分。そろそろこの辺に姿を現してもいい頃だと思った俺の視界に、三〇四号室から出てくる小椋さんが入ってきた。小さなハンドバッグを手にしているところを見ると、志川の言葉通りこれから下の階に行こうとしているのだろう。

俺は一度深呼吸をしてから、ゆっくりと小椋さんへ近付いていく。

「こんにちは、小椋さん」

「あら、こんにちは。佐東さんのところの……ええっと、利雄くんだったかしら？」

階段よりもずっと手前で挨拶をすると、小椋さんが驚いたような顔をした。そりゃそうだ、もう退院している人間の家族が病棟にいるのだから。

「そうです。小椋さん、お元気そうで良かった」

深く考えずに出てきた言葉だったが、今の気持ちとして嘘はなかった。母親が退院した日よりもずっと、小椋さんは体調が良さそうに見える。もうすぐ亡くなってしまうなんて、とても考えられないほどだ。

　志川のことに触れないところをみると、あの男は姿を消しているようだ。どういうつもりかは知らないが、第三者にあまり姿を見せるつもりはないらしい。

「ありがとう。実はね、今日ここへ孫が来るのよ。久しぶりに会えるの。だからなんか元気になっちゃって」

　嬉しくて仕方がないという様子で、小椋さんは顔を綻ばせた。釣られて、俺も思わず顔が緩んでいく。

「そうなんですか。お孫さんはお幾つなんですか？」

「今年大学生になったのよ。あら、確か利雄くんもそうだったわよね？」

「はい。なら同い年なんですね。小椋さんのお孫さんだから、てっきりもっと小さいと思っていました」

「お世辞が上手ね」

　いたずらっぽく笑う小椋さんは、お世辞でもなんでもなくもっと小さい孫がいてもおかしくないように見える。

　ふと何かを思い出したように小椋さんは顔を上げた。

「大変、孫が来る前に下のコンビニへ行かないと。それじゃあ、またね利雄くん」

「え、あの」

どう止めていいか迷っている間に、小椋さんは颯爽と階段に向かって歩いていく。足取りは本当に軽く、手術したばかりだとは思えない。慌てて後を追い、階段手前でようやく追い付いた。

小椋さんが階段に一歩踏み出した瞬間、彼女の体がぐらりと揺れた。

「きゃ……」

悲鳴を上げようとする小椋さんの声が耳に届く前に、俺は手を伸ばした。まるでスローモーションのように前のめりになっていく小椋さんの腕を、必死で掴んでいた。予め分かっていなかったら、きっと間に合っていなかった。

「……急いだら危ないですよ、小椋さん」

小椋さんの体を完全に後ろに引き起こしてから、できるだけ穏やかな口調になるように心がけて話しかける。

「あら……本当ね。ありがとう、利雄くん。孫に会う前に大怪我しちゃうところだったわ」

「そうなったら大変でしたよ」

実際は怪我どころではすまないが、そこはもちろん口にしないでおく。

というか、エレベーターを使うという選択はなかったのだろうか。確かにエレベーターは小椋さんの病室からかなり離れているし、なかなか来ないことが多い。だけどコンビニは地下だから階段で行けば結構かかるのに、それすら思い付かないほど小椋さんは浮かれているのかもしれない。

「お孫さんは何時にいらっしゃるんですか?」

これ以上階段には近寄らせたくない。できれば、俺がコンビニに行った方がいい。

「ええっと、確か三時過ぎって言ってたわ。三時半だったかしら」

「それじゃ、本当にもうすぐですね」

「そうなのよ。だからその前にコンビニに……」

「あの、良かったら俺が行ってきますよ」

突然の申し出に、小椋さんは目をぱちくりとさせた。

「そんな、悪いわ。大丈夫よ、階段には気を付けるから」

大丈夫じゃないから言っているのだが、分かるわけもない。

「でもせっかくお孫さんがいらした時、小椋さんがコンビニに行っていたらすれ違いになりますよ。俺は時間ありますし、遠慮しないで大丈夫です。何が必要か教えて下さい」

俺のすれ違いという一言に小椋さんが反応を示した。久しぶりに会うだけあって、やはりすれ違いは避けたいと思ったのだろう。咄嗟に出た言葉だったが、今は自分を褒めてやりたい。

「そうね……それじゃあ、甘えてしまってもいいかしら」

「もちろんです」

笑顔で頷くと、小椋さんがほっとしたような表情を浮かべた。

「あのね、とりあえず若い女の子が好きそうな飲み物と、お菓子を買ってきて欲しいの。考えてみたら、私なんかより利雄くんが選ぶ方がきっとあの子の嗜好に近いわね。お任せするわ。足りなかったら後で請求してちょうだい」

言いながら五千円札を俺に差し出した。正直、これで足りないことなどありえないが、これも孫に会う楽しみの表れかもしれない。

「分かりました。すぐに行ってくるので、小椋さんは病室で待ってて下さい」

「ええ。本当にありがとうね」

俺が数段階段を下り始めたところで、小椋さんが病室へ戻っていくのが確認できた。

これでもう大丈夫なはずだ。もしこの後も何かあるなら、志川が口を挟んできているに違いない。それがないってことは、まずは一安心だろう。

あとは、女の子が好きそうな飲み物とお菓子を買っていくだけだと思ったが、これが意外に難問だった。例えば高校の時のクラスメイトが食べていた物や、講義の時に女子が飲んでいるような物を買っていけばいいのだろうが、あまり気にしていなかったせいで出てこない。それでも実際に見れば思い出すかもしれないと、俺は地下一階にあるコンビニへと急いだ。

日曜日のコンビニは、見舞客が多いせいもあってそれなりに賑わっていた。まずは飲み物コーナーへ行き、商品を見てみる。普段お茶系しか飲まない俺にとって、女子の好きそうな飲み物なんて皆目見当がつかない。

その中で、見覚えのある物が目に付いた。

フルーツの味がするミネラルウォーター。確か最近大学で桧原さんや他の女子が飲んでいたはずだ。俺の中では最も新しい情報だし、二人以上が飲んでいた物だ、間違いないと思いたい。あとは、小椋さんのために一応日本茶も手にした。

次に冷蔵されているお菓子のコーナーへと足を運ぶ。女子ならきっとスナックよりもシュークリームとかだろうと勝手に思いながら、並んだお菓子に目を向けた。

「俺、このコンビニのシュークリーム好きだぜ。あ、とろなまの方な」

突然毒々しい気配がしたかと思うと声が聞こえてきた。

「聞いてない」

俺は反射的に返してから気が付いた。恐らく他の人には姿は見えていないから、俺の独り言に思われてしまうのではないか。慌てて周囲を確認してみたが、幸い近くには誰もいなかった。

志川の言葉とは関係なく、小椋さんとお孫さん用にシュークリームを二個、あとはやっぱり講義の際に誰かが食べていたチョコレートを一箱手に取ってから、レジで会計を済ませた。

祖父母というものは、なぜかいつも大量に食べ物を用意したがるので、小椋さんとしてはもの足りないかもしれない。でも、孫からするとこれくらいで十分だと思う。小椋さんも任せると言ってくれていたし、多分大丈夫だ。

レジ袋を持って一階に上がったところで、知った顔が目に入る。母親の主治医だった飯野先生が、廊下の先を眉間に皺を寄せて見つめていた。何を見ているのだろうと同じ方向を見てみると大石さんをはじめ、何人かの看護師さんが立ち話をしていた。

先生の表情を見る限り、好意的ではなさそうだ。こんなところで油を売って、とでも思っているのかもしれない。とても話しかけづらい雰囲気ではあるが、ここで無視をするのもなんだか気が引ける。

「飯野先生、こんにちは」

先生は俺の挨拶に少し驚いたように顔を向けた。やはりまずいところに声をかけたのかもしれないと思ったが、もしかしたら誰だか分かっていないのかもしれない。

「えっと、先日事故でこちらにお世話になった佐東の息子です。先生には足の指の手術をしていただいて……」

「ああ」

メガネを人差し指で押し上げて、どこか面倒臭そうに飯野先生は頷いた。一応、俺が誰だか思い出してくれたようだ。

「佐東さんはその後変わりないのかい？」

「はい、おかげさまで。こっちが少しはらはらするくらい、元気に動いています」

「そうか」

ほんの一瞬、先生の空気が和らいだ。

「無理はしないようにと伝えなさい。あと、何かあればすぐ緊急外来に連絡するようにとも。たかが足の指だと油断するのは禁物だ」

「はい、伝えておきます」

俺の返事に満足したのか、黙ったまま頷いて先生はこちらに背を向けた。そのまま彼は足早に二階へと上がっていく。相変わらず愛想というものはない人だ。でも、退院した患者のことを気にかけているのは伝わってくるし、悪い先生ではないと思う。

俺も二階に上がろうと思って、ふと大石さん達のいた方へ目を向ける。看護師さん達はもう解散したようで誰も残っていなかったが、今度は別の、予想していなかった人物がいることに気が付いた。

角度的に見づらいが、多分手前にいるのは松永先生だ。もちろん彼が病院にいることは全くおかしくもない。問題は松永先生と話している相手だ。

そこには、連絡先を交換してから何度かやり取りをしたものの、この数日は会っていない桧原さんがいた。

少し距離があるけど、あの姿は間違いなく桧原さんだ。爽やかな色合いのシャツワンピースが良く似合っている。日曜日だから診察ということはないだろう。となると、誰かのお見舞いという線が濃厚だ。

まだ向こうは気が付いていないし、松永先生と話しているようだし、少し残念だけどこのまま小椋さんのお遣いを済ませてしまおう――そう決めて、俺が再び階段に足をかけた時だった。

「あれ、佐東くん？」

背後から声がして、反射的に振り返る。いつの間にか桧原さんはすぐ後ろまで来ていて、小首を傾げながら俺を見上げていた。

「あ、桧原さん。こんなところで会うなんて、驚いたよ」

実はさっきから認識していましたなんて言うわけにもいかず、適当に言葉を紡いでみる。普段から上辺(うわべ)を取り繕っているおかげで、こういう時すんなり言葉が出てくるのは我ながら大したものだと自画自賛したくなる。

「本当にね。最近よく会うね」

桧原さんが先日に引き続き、無防備な笑顔を向けてくる。もてない男にその笑顔は危険ですよと伝えたい気持ちと、いっそこれからも向け続けて欲しい気持ちで、俺の脳内会議は混乱中だ。

「桧原さんは、誰かのお見舞い？」

「うん、お祖母ちゃんがここに入院しているの。佐東くんはお母さんのお見舞い？　あれ、でも退院したんだっけ？」

しまった、桧原さんにはもう退院のことを話してあったんだった。

「ちょっと、病院に書類を取りに来たんだ」

「そうなんだ、偉いね」

咄嗟の言い訳だったが、どうやら信じてくれたらしい。

あれ、ちょっと待てよ――俺の脳内で点と点が繋がった気がした。

小椋さんはお孫さんを、俺と同い年で女の子だと言っていた。そして桧原さんは、お祖母ちゃんのお見舞いに来たと言った。これはただの偶然の一致だろうか。

「病室まで階段で行くの？　大変じゃない？」

俺の推測が正しいかどうかを確かめるため、さりげなく探りを入れることにする。

「三階だから、大丈夫だよ。大学でエレベーター使ってないから、三階だとつい階段使っちゃうんだよね。エレベーター待つほどでもないかなって」

「あー、分かる。俺も三階ならほとんど使わないな」

「だよね。四階になると途端に辛くなるんだけど」

三階の部屋数はそこそこあった気がするが、それでも先ほどまでよりもぐっと確率は高まった。

「あの、つかぬことをお聞きしますが」

もうここまできたら直球勝負だ。そう決心して前置きを述べると、桧原さんが驚いたように何度か瞬（まばた）きしてから笑い出した。

「どうしたの、急に改まって」

「もしかして桧原さんのお祖母さんって、三〇四号室の小椋さんって方だったりして」

この雰囲気なら聞ける。俺は確信を胸に、核心に迫った。

「え？」

彼女は先ほどよりずっと驚いた様子で目を見開いた。この反応、どうやら正解だったようだ。偶然の一致にしては色々と作為的なものを感じずにはいられない。志川を問いただしたくなったが、それはまた後でにしておこう。

「その、実は小椋さんは俺の母が入院していた時、同じ病室で隣のベッドだったんだ。今日たまたま会ってお遣いを頼まれたというか、俺が無理やりお遣いに出たというか……」

「そっか、本当にすごい偶然だね」

感慨深そうに何度か頷いてから、桧原さんが再び口を開いた。

「うん、その人が私のお祖母ちゃんだよ」

「やっぱり。今日来るお孫さんが俺と同い年の女の子って聞いたからさ、もしかしてって思ったんだ」

「佐東くん、いい勘してるね」

「たまたまだよ」

桧原さんに褒められると、ものすごく照れくさい。平静を装いたい俺の気持ちとは裏腹に、僅かに顔が熱くなるのを感じた。

「あ、そうだ。これとお釣り、小椋さんに渡してくれないかな。佐東利雄からだって言えば、分かるからさ。あと、レシートも」

俺はコンビニのレジ袋と、お釣り、そしてレシートを桧原さんに差し出した。

「え？　でも」

「ほら、久しぶりの再会だって言うし、俺がいたら邪魔だと思うんだ。桧原さんと食べたいからって頼まれたものだから、持っていってよ」

腑に落ちないという表情を向けられたが、やはりこれ以上俺が出しゃばっていい場面ではないと思う。久しぶりの再会を邪魔したくない。

「遠慮してるなら、気にしなくていいんだよ？　確かに久しぶりなんだけど、だからこそ気恥ずかしいから佐東くんがいてくれても……」

「だめだよ」

気が付いたら自分でも驚くくらい、はっきりとそう口にしていた。

「俺が言うことじゃないと思うけど、でも、小椋さんは桧原さんに会うことをすごく楽しみにしてたんだ。久しぶりで気恥ずかしいってのも分かるけどさ、今日はやっぱり二人で会う方がいいと思う」

だって、二人で会えるのは今日が最後だ。そこに余計な人間が割り込むなんて無粋な真似、しない方がいいに決まっている。

「分かった。お祖母ちゃんに渡しておくね」

真剣な顔で頷いた桧原さんが、丁寧な動作で全ての物を受け取っていく。

「色々ありがとう。また、大学でね」

「いや……、また大学で」

いつもならここで笑いかけてくれる場面だと思う。だけど桧原さんは少し固い表情をしたまま、軽く手を振って階段を上がっていった。

これは嫌われたかもしれないな。初めから好かれているわけでもなかったけど、もしかしたら距離を置かれるかもしれない。いつも通り、適当に当たり障りのない俺を演じるつもりがつい熱くなってしまった。だけど後悔しているかと尋ねられたら、していないと答えられる。

「なあ、俺にもシュークリーム買ってくれよ」

空気の読めないヤツの声が聞こえて、俺は大げさに息を吐いた。毒々しい気配が薄いところをみると、姿は消しているようだ。

「働かざるもの食うべからず。お前は何かしたのかよ」

「えー？　俺がお前に教えてやったからこそ、あの女は結局ばーさんに会えたんだぜ？」

やはり、志川は初めから小椋さんと桧原さんの繋がりを知っていたようだ。小椋さんを選んだのは偶然ではないってことだ。

「別に誰も頼んでないだろ」

「シュークリームくらい、安いもんじゃねえか」

「自分で買え」

吐き捨てながら、俺は三階に向かって階段を上り始めた。

「おいおい、遠慮したんじゃねえのかよ」

「黙ってろ」

桧原さんに追い付かないよう、だけど離されてしまった距離を少し詰めるようにして上がっていく。たとえ彼女にはもう嫌われたとしても、結果を見届けるくらいは許して欲しい。

二階と三階の踊り場に着きそうな時、ちょうど桧原さんは三階に到着したところだった。

俺も三階まで上がり、壁に寄って少しだけ顔を出した。

「覗き見かよ」

志川が呆れたように言った。

分かっている、今の俺は完全に不審者だ。人があまりいなくて良かった。もし誰かに見られたら通報されてもおかしくない。

三〇四号室の方向を確認してみると、病室の前に桧原さんが見えた。そして彼女の前には小椋さんが立っていた。肩を震わせている小椋さんを包み込むようにして、桧原さんがそっと抱きついた。

良かった。本当に良かった。

声は聞こえないが、小椋さんのあの様子を見れば待ちに待った再会だったのは分かる。

俺があの時腕を掴んだ結果に、今の時間があるんだ。

会えなかった場合と会えた場合、どちらが良かったのかは当人達の受け取り方次第だから断定はできない。もしかして会えなかった方が、桧原さんにとっての傷は浅くなったかもしれない。

だけど、信じたい。

落ち着いてきたのか、顔を上げる小椋さんの顔には、笑みが浮かんでいる。そして桧原さんも顔を綻ばせている。そんな二人の笑顔を見たら、信じてもいいんじゃないかって思うんだ。

思わずもらい泣きしそうになった。いや、本当は少し目の前がぼやけてきた。このまま見ていても怪しいだけだし、確認したいことはもう十分にした。

階段を下り、愛車のもとへ急ぐ俺の背後で、あの嫌な気配が濃くなった。振り返らなくてもヤツが姿を現したことは分かる。

「どうだ？　感動の再会を見て、良いことした気分になったか？」

「……本当に嫌なヤツだなお前は」

図星も図星だった。俺は良いことをしたと思ったし、今だって思っている。コイツに何を言われたってもう揺るがない──つもりだった。でも、やっぱりどこかで誰かの死と関わることを軽く考えているのではないかと思う自分もいる。

「そんな気分にさせてやったんだ、とりあえずシュークリームをだな」

「知るか」


月曜日の夜、部屋で勉強をしていた俺の携帯が震えた。確認してみると、桧原さんからライムのメッセージが届いていた。

『昨日はありがとう。ノート渡したいし、話したいこともあるんだ。今度、ゆっくり時間とってもらえるかな』

小椋さんが亡くなったのは昨晩、今日くらいにお通夜があったかもしれない。文面から彼女の心情を全く察することはできないが、小椋さんについて触れないことが彼女の心中を表しているような気がした。

断る理由は何一つない。

どう返していいか迷うものの、それでも桧原さんが望むのであれば会わなくちゃいけない。

だって俺には、偽善と言われても仕方のない行動をした、責任があるのだから。

第四章

水曜日の朝。今日は一限目の講義がないため、家族とゆっくり朝食をとることにした。残念ながら、家族ではない志川も一緒だ。

両親の居ない間に、いつまで居るつもりなのか問い詰めてみても『さあ？』としか返ってきやしない。両親は本気でいつまでも居ていいなんて言っているし、なんだか少しあきらめがついてきた。

「今日のオムレツもすごく美味しいです」

「そうだろう、母さんのオムレツは一流ホテルの朝食より旨いんだ」

一流ホテルの朝食とやらは口にしたことがないが、それでも本当に母親のオムレツは美味しい。ほど良く中が半熟で、ふわふわで、いくつでも食べられそうだ。

志川が褒めているのは本心からだろう。感情が読めないヤツだが、旨いものを食べている時だけは正直だと思う。

父親が食べ終わった皿を片付けてから、リモコンでテレビを点けた。ちょうど朝のニュースの時間だったようで、女性ニュースキャスターが世界の情勢について読み上げていた。そして国内のニュースへと切り替わる。普段ならあまりニュースを気にしない方だし、今朝もそのつもりだった。

『本日午前六時頃発見された若い女性の遺体は、二日前から行方不明になっていたO市に住む大学生、英田愛梨（あいだあいり）さん十九歳であることが分かりました。また、英田さんの左目に残った傷跡から、警察ではH市近隣で起きた連続殺人事件との関連性も視野に……』

俺の体が、震え出した。目の前が真っ黒に染まっていく。

「あら？」

じっとテレビを見つめていた母親が不思議そうに声を上げた。

「お隣のアパートの事件の犯人、連続殺人犯じゃなかったのかしら」

「ああ」

父親が少し難しい顔をして顎を撫でる。こういう仕草をする時は大抵、あまり良くないことを言う時だ。

「確かにそういう報道もあったな。ただ、大熊が言うにはあの件と連続殺人の関連性はまだ調べている最中だそうだ。詳しくはまだ話せないと言っていたが」

「そうなのね。なら、どちらかが模倣犯なのかしら」

両親の会話が続く中、俺はゆっくりと志川に視線を移す。何の感情も読み取れない表情のヤツは、俺の視線に気付いたのかこちらを向いた。手振りだけで部屋を出るように伝えて、俺は静かに立ち上がった。

「ご馳走さま」

「あら、もう大学に行く時間？」

「ううん、ただちょっと行く前に終わらせたいことがあるんだ」

「そう。慌てて行くと危ないから、時間には気を付けるのよ」

「うん」

母親は俺と父親がバイクに乗ることに反対したことはないが、いつも心配はしている。だからバイク通学すると伝えた時も、時間に余裕を持って家を出るようにとは口をすっぱくして言われた。

志川にもう一度目線を送ってから、俺はリビングを後にする。

体の震えはずっと治まってくれなかった。自分自身を落ち着かせるため、部屋に戻ってからベッドに座って手を組んだところで、志川がノックもなしに現れた。

「なんだよ、これから朝の紅茶を堪能しようと思ってたのによ」

「……どういうことだよ」

ゆっくりと、できる限り感情を押し殺して俺は言葉を紡ぎ出した。

「どういうことってどういうことだよ。何言ってんだ？」

俺の心中をまるで分かっていない様子で、志川はふてぶてしい態度で椅子に腰をかけた。

怒鳴りつけたくなる気持ちを抑えて、俺は再び口を開く。

「岡野さんを殺した犯人、捕まったはずだろ」

「そんなのニュースでも言ってたじゃねえか。アイツで間違いねえし、お前だってテレビでも犯人の顔まで確認したろ？」

「じゃあなんでまた、被害者が出てんだよ！　さっきのニュース、お前にだって聞こえただろ！」

はぐらかそうとしているように見える志川に、たまらず俺は大声を出していた。

「おかしいだろ！　だってアイツが犯人だったんだろ！　だから、携帯にも写真あったし、引っかき傷だってあった。お前だって犯人はアイツだって言ったじゃないか！」

立ち上がって、涼しげな顔で足を組んで座っている志川を見下ろした。可能な限りの眼力を用いて睨み付けるも、ヤツの表情は変わらない。

「だ・か・ら、あの女を殺した犯人は、捕まった男だぜ？」

それだけ言ってから、志川は座りながら椅子を回転させ始めた。退屈しのぎの行動なんだと思うと腹が立つが、気にしたら負けだ。

「お前、自分がおかしなことを言ってるって……」

言いながら、ふと先ほどの父親の言葉も思い出す。

岡野さんを殺したのはあの男で間違いなかった。志川を信頼しているわけではないが、そういう嘘は言わないと思う。何より、警察だってあの男を犯人として逮捕したのだ。いくら俺が渡したあの携帯があったからといって、他の取り調べもせず犯人と断定はしない。殺しの手口からこれまでの連続女性殺人事件の犯人だろうとメディアも世間も、そして俺も思い込んでいた。だけど、父親はマサおじさんから捜査中だと聞いたという。つまり警察はアイツが連続殺人犯だと確信できるだけの証拠を掴んでいないってことだ。

「岡野さんを殺した男は、岡野さんしか殺していない……ってことか？」

岡野さんの事件はただの模倣だったと仮定すると、たまたまストーカーの男が岡野さんを殺害後、偽装のため、もしくは触発されて眼球を取り出したと考えられる。

椅子の回転を止めた志川と視線がかち合うと、ヤツはにやりと口角を吊り上げた。

「おっと、気付いたか。ようやく本領発揮ってやつか、駆け出し探偵くん」

つまり、俺の仮説が正しいと言っているのだろう。

全身の力が抜けていくのを感じ、俺は再びベッドに腰を下した。

「どうせ、今日発見された遺体の犯人が誰だか聞いても、教えてくれないんだろ」

「そこはほら、なんでもすぐに分かっちまうと、探偵として成長しねえだろうからな」

想定の範囲内の答えが返ってくる。

手のひらに爪を食い込ませながら、どう聞けば一番効率良く事実に辿り着けるか考える。

「……去年までの四件と、今日の一件、同一犯なのか？」

「なるほど、そう来たか」

そう言って志川は再び椅子を一回転させてから元の位置に戻ったところで、薄ら笑いを俺に向けた。相変わらず考えていることは読めない。いや、読みたくもないが。

「ここで混乱させてもあんまり大差ないだろうからな、正解だと言っておこうか」

この連続殺人事件について調べたことはないが、父親が何度か話題に出したから比較的覚えている。

確か手口はいつも同じようなものだったはずだ。被害者は普段通りの生活をしている中で行方が分からなくなり、日をあまり空けないうちに遺体が発見されていた。林道脇などの比較的見つかりやすい場所に遺棄(いき)された遺体には片方の眼球がなかったが、それが死因ではなく、首を絞められたことによる窒息死だったと父親は話していた。

確か一件目の事件は去年のちょうど今頃、五月だったと思う。それから二件目は七月、三件目が九月、そして四件目は十一月だった。ずっと二ヶ月程度の周期で行われていた犯行だったが、今年の一月には起こらなかった。それが今回、約半年も期間を空けて再開したというわけだ。

人を五人も殺せる人間が、今回で犯行を止めるかどうか——そんなの、考えるまでもない。半年もの間犯行が起こらなかった理由は分からないが、きっとまた殺人を犯すはずだ。

ここまで考えて俺は我に返った。

　事件に足を突っ込む前、つまり今ならまだ引き返せる。平穏に暮らしたいって願うなら、何も聞かなかったふりをして、何も気が付かなかったふりをして、このまま何もしなければいい。それこそが一番賢い選択なんだと思う。

「で？　それを知って、お前はどうするわけ？」

　俺の心の内を見透かしたような笑いが、志川の顔に浮かんだ。

「どうするって……」

　正解と不正解、理性と感情、理想と現実、世間体と自己保身——様々な感情が俺の中を駆け巡っていく。本当の平穏とは、一体なんだろう。何も知らないふりをして、聞かなかったふりをして……それが俺の平穏なのだろうか。俺にできることがあるのに、それから目を背けて過ごすのが俺の平穏なのだろうか。

　口に出してしまえばもう戻れない。分かっているからこそ、黙ったまま拳を握り締めた。

「なあ、せっかく探偵事務所なんだし、どうせなら名探偵目指そうぜ！　俺、そういうのだったら喜んで協力しちゃうぜ。ほら、お前刑事にまで知り合いいるんだから舞台は整ってるし、小説とか漫画とかドラマみたいな名探偵、やって見せてくれよ！」

　人の気も知らないで、志川は両手を上げて力説する。

　名探偵ってなんだよ、クソ志川。

「馬鹿じゃないのか？　現実を見ろ」

「何言ってんだよ。お前からしたら、俺の存在自体が既に現実的じゃねえだろ」

確かにその通りだ。その点においてはなんの異論もない。だが、それがどうした。

「それに、どう選択して行動しようと、所詮お前の人生しょっぺえんだし」

「はあ？」

しょっぱい人生ってなんだ。辛口の人生なのか、涙涙の人生なのか、はたまた情けない人生なのか。どう取っても、良いたとえではないのは間違いない。けど、だからなんだ。

「だからどうしたっていうんだよ。しょっぱくて結構」

どうせ捻くれた性格だし、なのに涙もろいし、青春を謳歌していないし、今だってしょっぱいんだ。辛口だろうと、涙だらけだろうと、情けなかろうと精一杯生きてやる。

「どうせしょっぺえ人生なら、少しは楽しんだらどうよ。例えば名探偵とか、名探偵とか、あとは名探偵とか、他にも名探偵なんかがあるぜ」

「……お前は一体どこから名探偵にこだわりを見出したんだよ」

「どこって、そりゃ人間の文化からに決まってんだろ。ミステリー小説はもう二百年近くの歴史を持っているんだぜ？　それから何冊のミステリー小説が発行されていると思ってんだよ。俺が知ってても、不思議はねえだろ」

ミステリー小説の歴史など俺が知るわけもないが、人間ではない志川ならば昔からのことを知っていてもおかしくはない……のかもしれない。悪魔やら死神やらが人間の娯楽について詳しくなる必要があるのかどうか、はなはだ疑問だが。

「お前はなんなんだよ、本当に……」

これ以上、志川と会話を続ける気にもなれない。母親にも言われていることだし、余裕を持って大学に向かった方が精神衛生上にも良さそうだ。

「もういい、大学行く」

「名探偵の件、考えとけよ」

志川の言葉に返事をしないまま、俺は荷物を持って部屋を出た。


一昨日の時点で、今日の待ち合わせに関しては桧原さんに予定を合わせると連絡しておいた。それから返信はなかったのだが、昼に高梁とラーメンを啜(すす)っている最中、彼女からライムが届いた。

『急だけど、今日の夕方十六時ごろ空いてるかな?』

確かに急だとは思ったが、もしかしたらさっさと俺にノートを貸して疎遠になりたいのかもしれない。特に予定もないし、桧原さんの気が済むようにしてあげたいと思い、俺はすぐに承知した旨を返した。

待ち合わせに指定されたのは、大学から徒歩十分の最寄り駅、四ツ橋駅だった。バイクを大学の駐輪場に置いたまま、俺は十六時少し前に駅前に到着した。

時間よりも少し早いが一応桧原さんを探してみると、駅の改札付近にそれらしき人物を発見できた。特に目印も決めていなかったのでとりあえず近寄ったところで、半袖のボーダーカットソーにジーンズ地のスカートという姿の桧原さんが、誰かと話しているのが分かった。

割と長身のその男は、俺も知っている人物、松永先生だった。これから出勤なのかそれとも帰りなのかは分からないが、白いワイシャツにジーンズという私服姿だと病院で見るよりも若い印象がある。にこやかな表情で桧原さんと会話しているようだ。

そういえば先日の病院でも桧原さんと松永先生は話していた。もしかして、二人はもともと知り合いだったのかもしれない。

しかし、いくら待ち合わせをしているからといっても、誰かと話しているところに割り込んでいくのは勇気がいる。しかも俺は桧原さんにあまり良く思われていない。このままの距離でしばらく様子を見よう。十六時を少し過ぎたらそれとなく近寄ってみればいい。

「あ、佐東くん」

だが俺の考えとは裏腹に、こちらの姿に気付いた桧原さんが大きく手を振ってきた。それも、前みたいな眩しい笑顔を浮かべている。

正直戸惑ったが、呼びかけられた以上俺も返事をする以外の選択肢はない。小さく手を振り返しながら、近寄ることにした。

「ああ、佐東くんと待ち合わせでしたか」

「はい。そっか、松永先生は佐東くんのことも知っているんですね」

「どうも、こんにちは松永先生、桧原さん」

「こんにちは、佐東くん。お母さんはその後、いかがですか?」

「おかげさまで、日に日に良くなっています」

予想外の展開だけど、俺以外は気にしている様子もない。

「それは良かった。じゃあ、僕はこれから出勤なのでもう行きますね。呼び止めてすみませんでした、桧原さん」

「いえ。気にかけていただいて、ありがとうございました」

桧原さんの返答に満足したように軽く頷いて、松永先生は颯爽と病院の方向へ歩き出した。

その姿の爽やかなことと言ったらなく、正直羨ましい。桧原さんもさぞかし見惚れていることだろうと思っていると、彼女は先生など見ていなかった。

「急にごめんね、佐東くん。予定とか大丈夫だった?」

「全然問題ないよ。えっと、どこか入る?」

さっきも思ったけど、桧原さんの態度が予想とは違う。俺の予想ではもっとそっけなくて事務的なものだった。

　でも彼女は病院で会う前と全く同じ、柔らかい表情と口調で俺に接してくる。これは、嫌われていなかったということだろうか。いやまだ油断は禁物だ。俺みたいに上辺だけでそうしているのかもしれない。今もどっかに入るなんていう俺の提案に、内心辟易（へきえき）としているのかもしれない。

「佐東くんはこの後時間あるんだよね？」

「うん、何もないよ」

「なら、どっかゆっくりできるところがいいな。えっと、ペンギンコーヒーはどう？」

「いいんじゃないかな」

　ゆっくりできるところなんていう言葉が出るところを見ると、本当にただの勘違いだったのだろうか。脳内で混乱する俺をよそに、桜原さんは軽い足取りで歩き始めた。

　ペンギンコーヒーは大規模なチェーン店ではないが、大学の最寄り駅にある洒落（しゃれ）たコーヒーショップということもあり、四ツ橋の学生がよく利用している。今も店内の約半数は学生だった。

「一緒に注文しちゃおう。佐東くんは何がいい？」

「そうだな、アイスコーヒーにしようかな」

「分かった。じゃあ席で待ってて」

「え？　むしろ桧原さんが席で待っててよ」

「いいからいいから」

そのまま押し切るようにして桧原さんは注文を始めてしまった。この場でうだうだと言うのも周りの迷惑になるので、お金は後で払うことにしよう。

とりあえずざっと店内を見渡すと、二人用の席がちらほらと空いている。窓側で、出入りが楽そうな席を選んだ俺は、そこに荷物を置いてから桧原さんのところまで戻る。

「運ぶよ」

「お願いしてもいい？」

お盆を持った桧原さんに申し出ると、笑顔で差し出してくれた。二人で席に着いて、ポケットに入れてあった財布に手を伸ばしたところで桧原さんが手でそれを制した。

「いらないよ？」

行動が読まれていたことに思わず固まってしまう。

「でも……」

「お祖母ちゃんから佐東くんにお礼しておいてって頼まれてるの。こんなのお礼に入らないけど、でもここは払わせて。私ね、本当に佐東くんに感謝してるの」

「え？」

言われても、一体いつ感謝されるようなことをしたのか分からなかった。

「実は、お祖母ちゃん……死んじゃったの」

「……え……」

分かっていたことだとしても、改めて桧原さんから聞くと辛いものがある。

「知っていると思うけど、お祖母ちゃんは胃ガンで、手術をしてからは少し回復していたみたいなの。だけど私が会った日の晩、急に容態が悪くなって……そのまま」

キャラメルの甘い匂いのするカップを握り締める桧原さんの手は、僅かだけど震えていた。

「そうなんだ……」

言葉が出てこない。だけど今は聞くことが大事だ。

「でも、お祖母ちゃんと八年ぶりに会えて本当に良かったと思ってる……会う前、緊張してたけど、佐東くんの後押しがあったから勇気が出たの。だからね、本当にありがとう」

これがさっきの感謝に繋がるのかと納得しつつも、予想していなかった話の内容に、俺は一瞬頭が真っ白になった。

「なんていうか、出しゃばった真似して悪かったかなって思ってたんだけど……」

「そんなことないよ。お祖母ちゃんが私に会いたがってたって教えてくれたの、嬉しかったんだよ。あの日はろくにお礼も言わないまま行っちゃって、ごめんね」

「いや、そんなのいいよ」

てっきり嫌われたかと思っていたけど、そうではなかったらしい。口を出したことに後悔していなかったつもりでも、やっぱり嫌われていないのは素直に嬉しい。

「私はもちろんだけどね、お祖母ちゃんも感謝してたよ。階段から落ちそうになったのを助けてくれたり、買い物行ってくれたり、話し方も丁寧で、とてもいい子だって」

もちろんこうした評価をもらえたことは、喜ぶべきだと思う。ただ、どれも自然にそうしたわけではなく、あくまでそうあろうとして作った上辺の俺だ。そこを褒められてもどんな反応をすればいいのか分からない。

「えっと、光栄です」

微妙な反応を返すと、桧原さんが笑みを零した。

「ごめんね……こんな話、佐東くんもどう反応したらいいか分からないよね」

誤解した桧原さんが謝っているのに、やっぱり言葉が出てこない。これまで取り繕ってきた時は一体どうしていたのか思い出せないくらいだ。人に対して完璧な仮面を作っていたと思っていたけど、そうでもなかったのかもしれない。俺がどれだけ上辺だけの付き合いしかしてこなかったかを思い知らされる。

「個人的なことを聞かせちゃうのって悪いなって思ったんだけど……お祖母ちゃんのこと話せる人ってほとんどいなくて。ほら私、ずっとアメリカにいたから」

「え？　そうなの？」

驚いて反射的に聞き返す俺の反応に、桧原さんは不思議そうに何度か瞬きをした。

「あれ、お祖母ちゃんから聞いたんじゃなかったの？　久しぶりに会うって知ってたから、てっきりそれも聞いたのかと思ってた」

「ううん、初耳」

実際小椋さんから聞いたのは久しぶりに会えるってことだけで、あとは志川からの情報で八年ぶりってことは知っていたが、なぜそれだけの期間が空いたのかはまるで知らなかった。

「えっとね、十歳の頃に両親が離婚して私は母に引き取られたんだけど、母がすぐにアメリカに赴任（ふにん）になって、一緒に付いていったの。日本に帰ってきたのは、十ヶ月前くらい」

「そうだったんだ……全然、知らなかったよ」

「父方のお祖母ちゃんってのもあって、なかなか会える機会もなかったんだ。手術したって連絡が父から来て、ようやく会う機会ができたの」

なるほどと思いながら、俺は深く頷いた。それならこんなに小椋さんのことが好きそうなのに、八年も会えなかった理由にも納得がいく。

「だからね、お祖母ちゃんと私のこと両方を知っている人ってほとんどいないの。それでつい……佐東くんに甘えちゃった」

遠慮がちにはにかむ桧原さんを見て、俺の顔に血が上っていくのが分かる。少し頬を染めて照れたような彼女の表情は、これまで見たことのないものだった。他の人にも見せたことがないいんじゃないかって思えるくらい、心を許してくれている気がした。

「俺で良ければいつでも話聞くよ」

だから、欲が出た。もっと桧原さんを知りたいとか、もっと頼って欲しいとか、生まれて初めてそういう欲を持った。

「ありがとう……良かったらまた、お祖母ちゃんの話させてくれると嬉しいな。今はまだ気持ち的に、色々話せるわけじゃないんだけど……」

「うん、無理しないで」

身勝手な欲を受け入れてもらって、俺の胸が小躍りする。だけど、悲しんでいる人に付け入っているようなものだ。ちゃんと自重しよう。

「あ、そうだ」

少しの沈黙の後で、桧原さんが思い出したように自分のリュックサックに手を伸ばした。

「はい、これ統計のノート」

差し出されたのは、水色の表紙に丁寧な字で『統計学』と書かれたキャンパスノートだった。

「ありがとう、すごく助かるよ。明日のマクロの時に返す。あ、携帯で写真撮ればすぐ返せるか」

俺の言葉に、桧原さんが「あ！」と驚きの声を上げた。

「そっか、私が初めから写真を撮って佐東くんに送れば良かったんだ！」

「あ、確かに……」

「私は佐東くんと話したかったしいいんだけど、ごめんね。もっと早く気が付けば良かった」

女の子に、しかも桧原さんみたいな子に話したかったと言われて、喜ばない男なんてそうそういないだろう。だけどそこに食い付いてはいけないと、自分に言い聞かせる。

「いや、俺は暇だし、全然」

自然と顔が緩みそうになるのを堪え、俺は携帯を取り出した。

「待って待って。それ明日でいいよ？　携帯で撮っても、見づらいでしょ？　コピーもお金かかるし持って帰っていいよ」

「え、でも」

口にしつつも、確かに写す際には携帯の画像よりも実際のノートの方が楽だと思う。桧原さんの顔をうかがうと、柔らかい顔でうんうんと頷いている。

「じゃあ、お言葉に甘えてお借りします。明日返すから」

「うん。でも、心理学の時になってもいいからね」

それからは、しばらくたわいもない話をした。

桧原さんの滞米時代の話は、知らないことばかりでとても楽しかった。

更には、彼女が警察官を目指していることも教えてもらった。だから、俺も父親が元刑事で今は探偵事務所を営んでいることを久しぶりに話した。茶化すとかではなく純粋に桧原さんは興味を持って聞いてくれて、俺はこれまでのトラウマが少し薄れたような気がした。

「ねえ、突然なんだけど」

桧原さんはそう言ってから、僅かに身を乗り出した。

「佐東くんはなんであの心理学取ったの？」

彼女がわざわざ強調した理由として考えられるのは、一つくらいしかない。

俺達の履修している現代心理学の桐生教授は、一般教養の心理学を教える中では割と特殊な教授だ。何せ現在警察庁と手を組み、犯罪プロファイリングを研究しているほどの人物だ。

「ちょっと、犯罪心理学に興味があったから、かな」

「やっぱり？」

求められたと思われる答えを口にすると、桧原さんの目が普段よりも輝きを増した。

「私もそうなんだけどね、佐東くんいつも心理学の時すごく聞き入っているから、もしかして同じかなって思ってたの。今、佐東くんのお父さんのこと聞いて、絶対そうだって思ったんだ」

「じゃあ、もしかして桧原さんは講義を取る前から桐生教授を知ってたの？」

「もちろん！　本だって読んでるよ」

「それってもしかして、『犯罪心理分析入門』？」

桐生教授の本で読んだことのあるものと言えばこれしかないのだが、どうやら大正解だったようだ。桧原さんの目が爛々(らんらん)と輝いている。

「そう！　佐東くんも読んでたんだ、嬉しいな。学部が学部だから、履修してても興味ない子が多くて」

「だよね。高梁なんかも、適当に選んだって言ってたし」

「せっかく桐生教授なのに、もったいないよね」

「確かに」

共通点が見つかったのは素直に嬉しい。しかし、桧原さんがまさかここまで食い付くとは思ってもいなかったので、少し戸惑いがあるのも事実だった。

「そういえば桐生教授、今回の事件でも協力しているみたいだよ」

「今回の事件って、もしかして例の連続殺人事件？」

ここ最近の事件で思い当たったのはそれくらいだ。というか、マサおじさんが桐生教授に用があると言っていたのはまさにこの件だったわけだ。それなら、父親に事件について漏らしたのも納得がいく。

「そう、それ！　この前教授の本にサインをもらった時、少しだけだけど話してくれたの」

わざわざサインをもらいに行くとは、相当なファンのようだ。俺が教授の本を読んだのはあくまで父親の本棚に並んでいたからで、自分で買ったわけではない。父親は捜査一課にいた時期、桐生教授に助言をもらったことがあるようで、その影響で本を所持していたらしい。

桧原さんとの思い入れの深さの差に少々後ろめたさがあったが、せっかくの共通点に水を差す気になれなかった。

「教授は先週の事件と一連の連続殺人については関連性がないって思ってるみたい。今朝発見された遺体についてては聞いていないけど」

「そうなの？」

さすがは桐生教授だ、俺はすっかりアイツが連続殺人犯だと思い込んでいた。

「うん。連続殺人と同じ犯人だったら、遺体を被害者の自宅に放置したままにはしないし、これまでと同じように人通りのそれほどない道路脇に遺棄するはずだって。だから、あの先週の一件はきっと模倣犯だって」

「なるほど……」

確かに、冷静に考えれば手口はそれまでの四件と相違点は多い。あの時の俺は完全にアイツを犯人だと決め付けて、視野が狭くなっていたのだと痛感させられる。

「佐東くんは、どうして犯人が被害者の眼球を取り出すと思う？」

「え？　どうしてって……」

何度か疑問に思ったことはあっても、深く掘り下げて考えたことはない。いざ問われるとなかなか難しい。

「ほら、殺害後に遺体に何かするって、遺体を隠すためとか捨てるため以外だと、よっぽどの怨恨か、起き上がってくるんじゃないかっていう妄想から来る恐怖心とか、そんな風に言われているでしょ？」

「そういえば、そんな内容を読んだ気もする。桧原さん、良く覚えてるね」

俺よりもずっと教授の本について記憶しているようだ。もしかしたら、他の本もたくさん読んでいるのかもしれない。

「昔から心理学に興味があって、犯罪心理学とかプロファイリングの本を結構好きで読んでいるんだ」

「ああ、そっか警官目指しているって言ってたもんね」

それで桐生教授の本を読むきっかけになったのかと、俺は心の中で納得した。

「うん。今となってはどっちに先に興味を持ったのか、分からないくらいだよ。それで、事件の報道とか聞いて、目に何かするってことは、見られることにコンプレックスとかあって、遺体にそれ以上自分の姿を見られないためにやっているのかなって考えたりもして」

「なるほどね。見た目にコンプレックスがあるから、たとえ亡くなった人にも見られたくないって思う犯人かもしれないってこと?」

ということはあまり容姿に恵まれない、もしくはなんらかの特徴的な外見をした人間の犯行の可能性が高いと考えられるわけだ。

「初めはそう思ったんだ。だけどね、そう考えると少しおかしな点があるの」

「おかしな点?」

「どの被害者も、片目しか持っていかれてないでしょう?」

桧原さんの言う通り、連続殺人犯は片目だけをくり抜いていくという報道を俺も何度か目にした。しかも持ち去られた眼球は、一年近くも経った初めの事件から、一つも見つかってはいない。

「見られたくないなら、両目になるよね」

「確かに……」

「だから別な理由があるんだよね、きっと」

「別な理由、か……記念品とかかな」

思わず口にすると、桧原さんが立ち上がりそうな勢いでさらに身を乗り出してきた。

「そう、私もそう思ったの！」

微妙に大きな声になったことに気が付いたのか、はっとしたように口に手を当てて彼女は軽く座り直した。

「眼球が記念品なんて趣味は悪いけど、そういう可能性もあるなって、思ってたの」

「うん、確かに趣味は悪いね」

被害者の持ち物や体の一部を記念品として持ち帰るというのは、欧米などの連続殺人犯にはよくある話だ。桧原さんほど詳しくない俺でも、それは知っていた。

「桐生教授の言う通り、先週の事件は模倣犯だったとして、今朝の件がもし同じ犯人だとしたら……何ヶ月も起こってなかったのに、なんで突然再開したのかな？」

彼女の疑問はもっともだと思う。

ずっと二ヶ月程度の周期で行われていた犯行が、半年という休止期間を経てから再開したのだ。

「止めていた理由は見当も付かないけど、再開にはきっかけがあったんだろうね。落ち着いていた精神状態が、何かあって不安定になったとか」

言いながら、俺は何か余計なことを口にしてなかったかと内心焦る。今朝発見された遺体の殺人犯が本当に連続殺人犯であると、まだ世間は知らない。

『で？　それを知って、お前はどうするわけ？』

　ふと、志川の言葉が思い出された。

「不安定になるきっかけ、かあ」

　考え込むようにして桧原さんは首を捻った。その顔はとても真剣だった。

「こんなこと素人が考えても、意味ないって分かっているんだけど……だけど、何か犯人の特徴みたいなのが分かれば友達とかに注意を呼びかけることだってできるかもって、思っちゃうんだよね。私にできることなんて、それくらいだし」

　頭をがつんと殴られたような気分だった。

　桧原さんは犯罪を止めたいと思っていて、だけど彼女は直接何ができるわけでもないのを分かっている。その上で、自分のできることは何かを考えて行動している。

　なら、俺はどうだ。

　犯罪者を憎いと思う気持ちはある。これ以上事件が起こらないで欲しいと思う気持ちもある。

　けど、俺はそのために何か行動しようとはしていない。自分の日常とか平穏とか、そういうものと天秤にかけて、何もしていない。志川に協力を仰げば、何かはできるかもしれないのに。

　また事件が起こったら、俺は何を思うだろう。後悔はしないのだろうか。

「佐東くん、どうかしたの？」

しばらく黙っていた俺を、桧原さんは心配そうに覗き込んでくる。

「いやその、犯人の特徴について考えてみたんだけど、何も浮かばなくて」

咄嗟に誤魔化すも、桧原さんは腑に落ちたように小さく頷いた。

「そうだよね。やっぱり、私達じゃ予想すら立てられないよね。だから今度また、桐生教授に話を聞いてみようと思ってるんだ。良かったら、佐東くんも一緒にどうかな？」

「うん、聞いてみたい」

流されるようにして口にしていた。だけど、知りたいと思ったのは嘘じゃない。

日常とか平穏とか、大事だとずっと思ってきた。普通であることが一番だと、ずっと思ってきた。今だってまだそう思う気持ちはある。

俺が何かできるかもしれないなんてただの驕り（おご）で、何かしたいなんてただの偽善かもしれない。志川に協力を仰いだところで、結局何もできないかもしれない。

『偽善でもいいじゃねえか、それがお前のやりたいと思ったことなら。他人とか、どうでもいいだろ』

悔しいが、また志川の言葉が頭に浮かんだ。

だけど行動しないで後悔するのと行動して後悔するのと、どっちがいいかなんて、確かに考えるまでもないはずなんだ。名探偵なんて目指したいわけではないけど、俺も桧原さんみたいに自分にできることをやりたい。

「なら来週の心理学の講義が終わったら、一緒に教授に話しかけてみようよ」

「うん」

　桧原さんが嬉しそうな顔で言って、俺は多分ここ最近で一番自然な顔で頷いた。


　桧原さんと四ツ橋駅で別れてから愛車で帰路についた。思った以上に話が弾んだせいか、時間が経っていて、帰宅した頃には十九時前になっていた。

　リビングで寛いでいた志川に朝と同じような視線を送ると、しばらくしてから紙の上にのった母親の手作りクッキーの山を手に俺の部屋へとやって来た。

「俺の食前のティータイム、邪魔すんなよな」

「そんだけクッキーもらってんだから満足しろよ」

「ママさん、お菓子まで旨いとか最高だよな」

　俺が椅子に座っていたからか、志川は図々しくもベッドに腰を下ろす。

「んで、わざわざ呼んだ理由はなんだ?」

　何もかも見透かしているような顔だった。どうせ言わなくても分かっているのだろうが、俺自身のけじめとして口にしたかった。

「連続殺人事件の被害者を、もうこれ以上出したくない」

決意していたつもりでも、少しだけ声が震えた。

「へえ、腹は決まったか」

志川はクッキーを頬張りながら、片方の口角だけ上げた。相変わらず胡散臭い笑い方をするヤツだ。

「俺はてっきり、あの女といちゃこらできて満足したのかと思ってたぜ」

「いちゃこらなんてしてないだろ。とにかく、俺は被害者をもう出したくないんだ。殺してから眼球を取り出すような、人としての尊厳を更に傷つけるようなヤツに殺される人を増やしたくない」

「そりゃ、殊勝(しゅしょう)な心がけだな。んで、被害者を出したくないのはいいが、具体的に何をする気なんだ?」

俺は言葉を詰まらせた。意気込みは十分あるが、具体的に何をするかと問われればすぐに案は出てこない。

「……分からない。何ができるかも分からない」

悩んだ末、素直な気持ちを口にした。

「おいおい、情けねえな。言っとくが、俺は言われたことしかできねえような人間に手を貸すつもりはねえぞ?」

志川の言葉は本当だろう。コイツは言う通りに動く駒が欲しいんじゃない。それだったら、最初から俺を脅して言うことを聞かせる方法を取っているはずだ。自分の助言を基に誰かが試行錯誤（しこうさくご）しながら動く、そういうのを見たいのだろう。

「簡単に言ってくれるけどな、ただの大学生の俺にできることなんて限られてるだろ」

「じゃあ、限られた中で考えろよ」

腹立たしいことこの上ないが、正論ではある。

ならまずは、コイツから聞ける手がかりを頭の中で整理することにしよう。

これから亡くなる人間と、その時刻。岡野さんの時も小椋さんの時も、場所だって分かっていた。だけど、岡野さんが誰に殺されるかは教えてくれなかった。俺が失敗した後は場所だって教えてくれなかった。きっと犯人に直接繋がりそうなことは教えるつもりがないのだろう。

なら、犯人に直接繋がらなくても何を教えてくれるのかを考えるべきだ。

「次に連続殺人犯に殺される被害者は、誰だ？　いつ被害に遭う？」

しっかりと志川を見据えて、淡々と俺は問うた。どこまで教える気なのか、まだ志川のことを理解しきってはいない。だから俺はヤツの表情の一つ一つを見逃さないよう、細心の注意を払う。

俺の視線を真正面から受け止めた志川は、最後のクッキーを飲み込んでから口を開いた。

「まあ、いいだろう」

相変わらず人を小馬鹿にするような言い方だが、今は次の言葉を待つ。

「次に殺されるのは、四ツ橋大付属病院の看護師だ」

最近ではすっかりお馴染みになったその場所を言われて、俺は息を呑んだ。しかも看護師さんなら、俺も知っている顔かもしれない。

「看護師の、名前は？」

知り合いでなくても何かが変わるわけではないと思いながら、どうか知り合いではありませんようになんて、勝手なことを願う。だけどそんな願いはすぐに打ち砕かれた。

「大石美織」

がつんと頭を殴られたような衝撃だった。母親がお世話になった看護師さんも大石さんだ。

「それは……俺の知っている大石さんか？」

「ああ。ママさんの病棟の看護師だしな」

ここまで言われればもはや確定だった。もし同じ病棟に複数大石さんがいたら、名札には下の名前の一部が書かれていたはずだ。でも、彼女の名札は大石とだけ書かれていた。

なんで俺の周りばかりとも思ったが、志川の担当地域の中で起こっていることなのだから、俺の知り合いと被っても不思議ではないのかもしれない。

「……それで、大石さんはいつ被害に遭うんだ？」

昼は微妙に震えていた。けど、やると決めたからには必要事項を聞き出す必要がある。

「んーと、今日の二十一時前だったかな」

慌てて時間を確認すると、十九時十五分になるところだった。

「そういうのは早く言えよ！」

「おいおい、お前が聞きたくなさそうだから言わないでやっていたのに、ひでえヤツだな。なんでも人のせいにしちゃいけませんって、ママさんにも言われたことあるだろ？」

ヤツの嫌味を聞き流して俺はバイクのカギと携帯、そして財布を掴む。

「なあ、今から行ったら夕飯どうなるんだ？」

「取っといてもらえばいいだろ！」

こんな時に飯の心配とか、本当に志川はどうかしている。人間じゃないから仕方がないのかもしれないが、俺が腹立たしく思うのだって仕方ない。

でも、俺も家を出る前に一応母親に伝えておくことにする。

「母さん、俺ちょっと大学に忘れ物取りに行ってくる」

「あら、そうなの？　もうすぐ夕飯だけど、取っておくわね」

「うん、よろしく」

「暗いから、気を付けるのよ」

もちろんこれは防犯的な意味ではなく、夜間の運転についてだ。さすがに大学生にもなって夜道に気を付けるように言うほど、うちの母親も過保護ではない。

二階の玄関を出て全速力でガレージへ下りる。ＳＲ４００に跨り、キックでエンジンを始動させた俺はとにもかくにも四ツ橋大学付属病院に急いだ。


いつもより少し飛ばしたおかげで、十九時四十分には病院に到着した。外来用の駐輪場にバイクを停めて正面玄関に飛び込むと、一目散に三階を目指す。二十一時まで面会ができるため、俺がうろうろしていても怪しまれないのは幸いだ。

外科病棟のナースステーションで俺はまず大石さんを探したが、姿は見えなかった。

「あら、君は確か佐東さんの息子さんじゃなかった？」

きょろきょろしている俺に気付いた年配の看護師が、不思議そうに声をかけてきた。母親の入院中お世話になった看護師の一人で、名前を思い出せなかったが名札には山岡(やまおか)とあった。

「あ、はい。こんばんは、山岡さん」

「こんばんは。どうしたの？　誰かのお見舞い？」

名前を呼んだからか、先ほどよりは警戒心を解いてくれたように感じた。だけどやはり俺がここに居ることへの疑問は消えないらしい。

「えっと、大石さん居ますか？　実は母がペンを借りたらしいんですけど、そのまま持って帰ってきちゃったみたいで、お返ししたくて」

「あら、そうなの？　わざわざ届けに来なくても、次の診察の時とかでも良かったのに」

即座についた嘘だったものの、山岡さんは疑う様子もない。こういう時、これまで仮面を被っていたおかげだとつくづく思う。

「ええっと、大石さんは……あら、今日は十九時半で上がりだわ。ちょっと前までいたんだけどね」

「そうですか、ありがとうございます。ならちょっと探してみます」

「え？　けど私が預かっても……」

山岡さんが何か言っているのは聞こえていた。だけど今は時間が惜しい。十九時半に上がってから着替えて、それから病院を出ているんだったら、まだ近くにいるかもしれない。

正面玄関に向かうため、階段を駆け下りていく。何年ぶりか分からない二段飛ばしをして一階に辿り着いた時、廊下で危うく誰かと衝突しそうになった。

「す、すみません！」

驚いたように上半身を仰け反らせた相手に頭を下げてから、知った顔だったことに気付いた。

「全く、気を付けなさい」

「あ、すみません、飯野先生」

名前を呼ばれて、飯野先生は眉根を寄せながら俺を見た。

「なんだ、佐東さんの息子か」

先日会ったこともあり、どうやら俺の顔を覚えてくれたようだ。けど、今はそんなことどうでもいい。

「あのすみません、一階にいた飯野先生なら、もしかして大石さんを見ているかもしれない。

「大石？　さっき帰るところだったようだが？」

面倒臭そうながらも、飯野先生は答えてくれる。

「いつ頃ですか？」

「ついさっきだが」

「ついさっき……」

それならまだこの辺にいる可能性は高い。

大石さんが電車通勤だというのは、母親と彼女が話している際の話題で出ていた。最寄り駅は確か、我が家とは二駅違いの野山公園駅で、地元の話で盛り上がっていたのを覚えている。

今帰宅中で、二十一時前に死亡ということは通勤時間から考えて、野山公園駅から家まで歩いている間に何かある確率が一番高いと思う。会えなくたっていい。せめて電車に乗る前に一言だけでも注意を促せたら、何か変わるかもしれない。

「あの、大石さんの携帯に連絡取れませんか？　どうしても今、伝えたいことがあるんです」

　いい案が浮かばなかった俺は、無理は承知で再び頭を下げた。しかし飯野先生は訝しむような、疎ましげな目でこちらを見ると、息を吐いた。

「何を言っているんだ。私が看護師のプライベートの連絡先を個人的に知っているわけがないだろう」

「そうですよね……無茶を言ってすみません。あの、失礼します」

　慌ててもう一度頭を下げて、俺は玄関に向かって走り出した。

　飯野先生の態度は当たり前だ。たかだか患者の家族が看護師と連絡を取りたがるなんて普通ではありえないし、知っていても飯野先生は連絡先を教えてなんてくれないだろう。聞くならナースステーションで聞くべきだった。

　後悔しても仕方がない。今から三階に戻るよりも、四ツ橋駅に向かう方がいいような気もする。このままバイクで駅に向かえば、追い付ける見込みはある。

「佐東くん」

　玄関を出ようとしたところで、呼び止められて俺は慌てて足を止めた。

「松永先生？　えと、こんばんは」

　呼び止めてきた相手が意外すぎて、思わず首を傾げていた。夕方に会った時と少し印象が違うのは、白衣を着ているからだろう。

「こんばんは。呼び止めてすみません。今、飯野先生と話しているのを耳にしたものでね」

俺が戸惑っているのを察したように、松永先生は遠慮がちに続けた。

「大石さんと連絡を取りたいって聞こえたんだけど、合っていますか？」

「あ、はい。そうなんです。実は個人的に借りていたものがあって、できれば今日までに返して欲しいって言われていたのに、すっかり忘れていたんです」

飯野先生の時には取り繕えなかったが、今度は上手い言い訳が出てきた。やはり常に冷静さを保っていないとダメだと自分に言い聞かせつつ、松永先生の反応を待った。

「そうなんですね。なら、僕が電話してみますよ」

「え、先生は連絡先を知っているんですか？」

「はい。看護師さんと医師のパイプ役のようなことをやるのも、新人医師の仕事なので」

これは思わぬ幸運だった。パイプ役というのがどういうことかよく分からないが、そんなことはどうでもいい。今は大石さんと連絡が取れるという事実が大事だ。

「すみません、お願いします！」

「分かりました。ちょうど休憩帰りなので個人携帯を持っていて良かったです」

松永先生はすぐに中に着たシャツの胸ポケットから携帯を取り出し、操作をする。先生が耳に当てる携帯から僅かに呼び出し音が聞こえてくる。

一回、二回、三回、四回――呼び出し音は鳴り続けていた。十回鳴っても、十五回鳴っても、出る気配はない。

「すみません、大石さん出ないですね……」

「いやそんな、電話してもらっただけでも十分ありがたいです。ありがとうございます」

申し訳なさそうに言われて、俺は慌てて両手を振った。

「次に大石さんに会ったら、佐東くんが連絡取りたがっていたと伝えておきます」

「はい、お願いします」

松永先生の申し出に、俺は頷くしかできない。大石さんは電話に気付かないだけかもしれない。けど、まだあきらめたわけじゃない――多分先生が次に大石さんに会うことなんてないって分かっていても。

「じゃあ、俺今日は帰ります。ありがとうございました」

「気を付けて」

平静を装いながら松永先生に再度礼を述べて、俺は足早に病院を出る。振り返って見ると松永先生はまだこちらを見ていた。感じはとても良かったが、もしかしたら大石さんと執拗（しつよう）に連絡を取りたがっている俺は、やはり怪しいのかもしれない。

しばらくこの病院には来られないなと思いつつ、軽く会釈をしてバイクのもとへ駆け出した。

まずは四ツ橋駅だ。大石さんが病院を出てからだいぶ時間が経ってしまったが、途中か駅で追い付ける可能性はまだある。急いでバイクに跨り、俺は四ツ橋駅に向かって出発した。

注意深く歩道を歩く人を確認しながらも、とにかくバイクを走らせた。駅に着くまでに大石さんらしき人は見当たらず、駐輪場に停めてから改札へ走った。途中で時計を確認すると、二十時になろうとしているところだった。

オフィス街ではなく住宅街に近いこの四ツ橋駅には、二十時を過ぎると帰宅するサラリーマンやOLがどっと改札から出てくる。その波を掻き分けながら改札まで行って大石さんを探してみたが、やはり見当たらなかった。

「すみません、改札内のトイレ行きたいんですけど！」

入場券を買う時間が惜しかった俺は、切羽詰った顔で駅員に声をかけた。

「どうぞ、お通り下さい。出るときはまた声をかけて」

「ありがとうございます」

止められるかとはらはらしたが、親切な駅員はすんなりと通してくれた。この恩は忘れないと思いながら、ホームへ駆け下りる。

上りのホームには、幸いにも人はまばらにしかいなかった。隅から隅まで目を皿のようにして確認するも、やはり大石さんの姿はない。電光掲示板に記された、次の電車の時間は二十時十一分。ホームに掲げられた時刻表を見ると、この前の電車は十九時五十五分だったようだ。五分も前に出発したそれに、恐らく彼女は乗ってしまったのだろう。

この駅からうちの最寄りの月見ヶ丘駅までが、乗り換え込みでおよそ三十分、それよりも二駅先にある大石さんの駅、野山公園駅ならどんなに早くても三十五分はかかる。つまり、到着時刻は二十時三十分くらいだ。それならバイクで先回りできるはずだ。

階段を駆け上がり、駅員に礼を言ってから俺は駐輪場に戻る。野山公園駅には大きな本屋がある関係で何度かバイクで行ったことがあるから、道は分かっている。この時間なら道路も空いている。少し飛ばせば三十分もかからずに着けるだろう。

「二十時半に着けば、間に合うはずだよな」

アクセルを捻りながら、自分に言い聞かせるようにして呟いた。

野山公園駅に着いてから三十分もしないうちに、大石さんは殺されてしまう。

犯人が被害者を捕らえてから殺害するまでに、どれほど時間をかけるかは分からない。でもこれまでの被害者は行方不明になった場所から遺体発見現場までは結構な距離があった。それに、殺害後には犯人は眼球を取り出さなくてはならない。なら、どこか安全に作業できる場所があると考えていい。

今朝の遺体についてては分からないが、これまでの四件の死因は首を絞められたことによる窒息死だった。紐を使うのか、手のみなのかまでは分からないが、それは今気にしなくてもいい。

いずれの被害者も住宅街で消息を絶ったことから考えて、その場で殺したとはあまり思えなかった。となれば、さっき考えた通り大石さんは野山公園駅に着いてからなんらかの方法で連れ去られ、それから殺害されるはずだ。

駅で大石さんを待ち伏せして、なんだかんだで家まで送ればきっと殺される運命は変わる。たとえ死んでしまう運命が同じだとしても、あんな連続殺人犯に殺されるよりましに決まっている。

どうか大石さんを乗せた電車より早く着きますように――祈りながらバイクを走らせたおかげか、野山公園駅に着いたのは二十時二十五分になるところだった。数分後に彼女は到着するはずだ。

後で大石さんに適当な言い訳ができるよういつもの本屋前に駐車してから、駅構内へと走った。俺の予想通り、改札に着くとほぼ同時に上り方面の電車が到着した。

緊張しながら改札を見つめる。

ここも月見ヶ丘駅も、住宅街なのもあって、この時間は降りる人の方が断然多い。だけど今の電車は上り方面ということもあり、それほど人は降りてこないようだった。

似た背格好の女性を見かけるたびに、声をかけそうになっては止めるのを繰り返すこと数分——とうとう、大石さんは現れなかった。

体から力が抜けそうになって、思わず駅の壁に手を付いた。

大石さんが病院を出たのは十九時四十分前後だった。病院から四ツ橋駅までは俺の早歩きでも十分弱はかかるから、女性なら確実に十分かかると考えていい。十九時五十五分よりも前の電車は十五分前の三十五分だから、どう考えてもそれに乗っていたとは思えない。なら、なんで今降りてこないんだ。

電車に乗る前にどこかへ寄ったのかとも一瞬考えたが、四ツ橋駅にそれほど寄るところがあるとは思えない。ドラッグストアだってこっちの方が安いはずだし、何より店の規模が違う。本屋だって同じようにこっちの方が大きい。女性が好むような雑貨屋の類もなければ、一人で行くようなカフェだってあるわけじゃない。

乗り換え駅である布袋駅で降りた可能性を考えて、俺の額から汗が流れ落ちた。布袋駅もそれほど大きいわけではないし周囲には特に何もないが、最近駅ビルができたばかりだ。そこに寄る可能性は十分にある。

「あっちか……」

独り呟いたものの、すぐにそれも可能性としては低いと思った。

駅ビルというくらいだから、本当に駅直結だ。そんなところで犯人は大石さんに狙いを定め、連れ去れるだろうか。目撃者だって大勢出てくるはずだ。

考えれば考えるほど分からなくなる。

こんな時に志川は姿を消したままだし、本当に八方ふさがりだ。

時計を確認すると二十時三十八分、もう残された時間はほとんどない。このままここにいても仕方がないし、もしかしたら大石さんを見逃したかもしれないと考えて、俺は野山公園駅周辺を探すことにした。

それから二十一時を過ぎるまでひたすらに駅周辺を走り回った。

だけど、結局大石さんは見つけられなかった。

第五章

帰宅すると、志川はリビングで悠長に両親とお茶を飲んでいた。テーブルには誰かからもらったのか、塩大福が置いてあった。

「おかえり、トシちゃん。遅かったわね」

「うん、ちょっと大学で友達と話し込んでた」

母親の言葉に咄嗟に嘘をついた。当たり前だ、まさか殺される予定の大石さんを探し回っていたなんて言えるはずもない。

「ご飯温め直すわね」

「大丈夫、自分でやるよ」

精一杯の作り笑顔を浮かべて、台所に向かった。

時計は二十一時三十分を指している。志川に聞かなくたって、大石さんがどうなったかなんて分かる。岡野さんの時と同じように、俺はまた失敗したんだ。

電子レンジの光を見ながら、これまでに感じたことのない虚無感に襲われた。

岡野さんの時は事態が飲み込めてなかったこともあったし、気持ちの折り合いはそれなりについた。

だけど今回は違う。ある程度分かった上での行動が完全に空振りに終わった。大石さんがせめて殺人の被害にだけは遭わないように、それだけを考えて行動したのに、結局なんにもならなかった。

頭の中で色んな思いが駆け巡る中、レンジの機械的な音が耳についた。今はこんな些細(ささい)な音ですら気に障る。

テーブルまで皿を運び、俺はとりあえず夕飯を食べることにした。いつもなら喜んで食べるピーマンの肉詰めは、あまり味がしない。野菜スープも、それこそ麦茶も何もかも、味がほとんどしない。なんで味がしないのか考えるより、無心で掻き込むことにした。

「美味しかった。ご馳走さま」

いつもは本心から出てくる言葉が、今は上辺だけのものになっていた。

「利雄、塩大福があるぞ?」

食器を片付けてから部屋に戻ろうとする俺に、父親が声をかける。

「お腹いっぱいだし、課題もたくさんあるから、今日はいいや」

今は多分、大福だろうとゴムだろうと味が分からない気がする。何より、早く部屋に戻りたかった。

早々に背を向けたからかそれとも上手く仮面を被れたからか、両親はそれ以上特に何も言わなかった。

部屋に戻って、俺は倒れ込むようにしてベッドに体を預ける。寝てしまおうかと思ったが、後悔と疑問が頭の中から離れてくれない。

俺はどうすれば良かったんだろう。

一体何が間違っていたんだろう。

こんな結果になるなら行動なんてしなければ良かったとか、そんな風に考えてしまう自分も嫌だ。行動するって決めたのは俺だ。後悔したって現状は変わらないんだから、考えるだけ無駄だ。

じゃあ今、俺はどうしたいんだ。

「何、もしかして落ち込んじゃってたりするわけ?」

どれほど時間が経ったのか分からないが、やたらと響くその声が突然頭の上から降ってきた。

「……だったら何だよ」

頭を上げる気力もなく、俺は伏したまま続けた。

「大石さんを殺人犯の魔の手から救えなかったんだ、落ち込んで何が悪い」

「人間って面倒くせえな。いや、お前が面倒くせえだけか?」

「知るか」

どっちだっていい。どっちだろうと、何かが変わるわけじゃない。

「一人二人殺されたくらいで、落ち込んでたらこの先持たねえぞ」

志川からすればたかだか人間の一人や二人くらい、どうってことはないんだろう。それについて腹立たしく思わないわけではないが、コイツに人の感性を求める方がどうかしているとここ数日で思えるようになった。

「ちなみに、このまま行けば逮捕されるまで犯行は止まらないぜ？」

俺の息が止まりそうになった。

そうだ。

まだ、終わったわけじゃない。

数ヶ月間、鳴りを潜めていた犯人が急に活動し出した理由は分からない。もしかしたら模倣されたことによって触発されたのかもしれないが、問題はそこではない。

確か今朝のニュースでは、二日前に被害者が行方不明になったと言っていた。となると、殺されたのも恐らくその日だろう。

そして、大石さんは今日殺された。再開する前は二ヶ月の期間を空けていたのにもかかわらず、今回は二日間しか空いていない。つまり、完全に犯行が加速している状態だ。

志川は逮捕されるまで犯行は止まらないと言った。俺の予想だと多分そう遠くないうちに新しい犯行があるはずだ。大石さんは助けられなかった。だけどこれから被害者としてリストにある人達は、連続殺人犯に殺害されるという運命を変えられるかもしれない。

ゆっくり体を起こすと、志川は俺の椅子に座りながら塩大福を食べていた。あれはもしかしなくても俺の大福だと思うのだが、まあいい。

「次の被害者が殺されるのはいつだ？」

ベッドに座り直して、大きく息を吐いてから俺は尋ねた。

「えーっと、次は土曜日の夜だな」

「土曜日ってことは、明々後日か。やっぱり……間は短いな」

今回の二日間より一日延びたとはいえ、結局短いことに変わりはない。犯人は衝動を抑えられなくなっているのだろう。

悠長に考えている暇はない。志川から聞き出せる情報は、きっと相変わらず被害者の名前と亡くなる日時ってとこだ。そこから被害者を探して巻き込まれないように動くか――

考えて俺は小さく首を振った。

ダメだ、それじゃこれまでと変わらない。志川の思惑に乗るようで癪だが、完全に犯行を止めるには、犯人を突き止めるくらいの気持ちで挑んだ方がいい。

そのために必要なことはなんだ。

「考えごとか？　俺にもお前の考えを聞かせてくれよ」

塩大福を食べ終わった志川が、にやりとしながらこちらを見ている。

どうせコイツに犯人は誰かを聞いても、教えてくれるわけもない。

なぜか俺に名探偵とやらを目指させたいのだから、推理する過程も見たいということなのだろう。それでも、俺が犯行を止めたいと思っている現状は、きっとこいつにとっておいしいはずだ。

犯人を絞り込むには、圧倒的に情報量が足りない。志川を上手く利用して、犯人に少しでも近付くことはできないだろうか。

「そうか……被害者の最期の記憶」

無意識的に呟くと、志川がますます口角を吊り上げた。

「あれをまた見る気か？　なかなか度胸あんな」

もし岡野さんの時のをもう一度見せられたとしても辛いのに、更に他の人のを見たいか、と問われたら否定の言葉しか出てこない。だけど、今俺が犯人の手がかりを掴むために思い付くのはそれくらいしかない。

「五人目の被害者と大石さん、両方見せられるんだろ？」

「当然、それくらい朝飯前だぜ。けどよ、二件とかお前に耐えられるのか？　言い出しっぺが、後悔すんなよ？」

想像以上に楽しそうな志川の顔に、早くも後悔しそうになった。コイツは二人の被害者がどんな目に遭ったか知っているからこそ、こういう反応をしているに違いない。

「いいから早くしろよ」

俺が精一杯強がりを言うや否や、志川は立ち上がって先日のように、俺の頭を掴んだ。


気が付くと、暗い空間にいた。

僅かに光が見えるのは、カーテンの隙間だろうか。

周囲に音はないが、感覚的にここがそれほど広くない空間だと分かった。視界がぼやけているのと暗いのとで、目の前にいる人間が恐らく男だろうという程度にしか判別できない。

あたしはどうしてここにいるんだっけ。確か駅で友達と別れて、それから……そう、男の人に声をかけられたんだ。

目の前にいる男が、多分その人だと思った。はっきりと言えないのは、今メガネをしていないからだ。いつもより視界が狭いような気がしたが、なぜかはよく分からなかった。

男はこちらに背を向けて、ペンライトの明かりで何か作業をしているように見える。静かな中でカチャカチャと無機質な金属音が鳴り響き、それが不気味さを引き立たせていた。

椅子に座った状態で、手足をそれぞれ拘束されているようだった。なんとかこの場から逃げ出したくてもがこうとしても、なぜか体はぴくりとも動かない。まるで自分の体ではないかのようだ。

息苦しいのは、口に何かを巻かれているからだと気付いた。必死に鼻で呼吸をして息を整えようとしても上手くできず、どんどんと苦しくなってくる。

何をされようとしているのか全く想像ができなくて、心がどんどん恐怖で支配されていく。全身が粟立ち、自分が今恐ろしい空間にいるのだと本能が警鐘を鳴らしている。それでも、体は全く動かない。

突然男が振り返り、強い光を当てられた。あまりの眩しさに、反射的に目を閉じようとした。だけど、なぜか瞼を閉じることができない。

なんで。どうして。

近付いてくる男の手には、白いゴム手袋がはめられていた。ぼやけた視界でも、ゴムの臭いで分かる。だけど近付いても、マスクをしているせいでどんな顔か良く見えなかった。男が手にしている物も、何か分からなかった。こっちに向けられた光を反射していることから金属だろうということだけ分かった。

手に握られた何かがゆっくりと近付いてくる。恐怖から逃れるために目を閉じたくても閉じられない。

それが金属の、何かの器具だと分かるくらいに男の手が間近に来て、水分を含んだ柔らかい何かを潰すような嫌な音が静かな空間に響いた。

自分が何かをされているのは分かったが、痛みも感触もなくてよく理解できなかった。

何より、理解してはダメだと思う自分がいた。

何かが引きちぎられるような嫌な音がする中、急に視界が暗くなった。

恐ろしかったが、怖い現実をこれ以上見なくて済むとも思った。

「ああ、綺麗だ……」

くぐもった男の声は、歓喜に満ちていた。

水音と、キャップが閉まるような音、そしてガラスの瓶がどこかに置かれた音が続いた。

再び男の近付いてくる気配がして、首に両手がかけられるのが分かった。今度は何をされるのか分かる。きっと、このまま首を絞められるんだ。

首が圧迫されていくのを感じて、もがいてみようと試みた。けど、やっぱり体は動かない。

なんで。どうして。

目を開けようとしたけれど、今度はどんなに力を入れても視界は暗いままだった。

男の手に力が入っていく。

苦しい。苦しい。苦しい。

お母さん、怖いよ。お母さん、助けて。

母親の顔が頭に浮かんだ。だけどどんなに願っても、きっともう会えないとなぜか冷静に考えてしまう。

まだ死にたくない。お母さん、あたし死にたくないんだよ。

だけど、もう……だめみたい。

涙が頬を伝っていくのが分かった。

苦しさが薄れてきて、意識が遠のいていく。

怖くて、怖くて、怖くて――ただ恐怖しかない闇の中に引きずられていくように、全ての感覚が消えていった。


天井が見えた。毎日のように見上げる、いつもの天井だった。

自分の部屋のベッドに仰向けになっているのだと気付くのに、しばらく時間を要した。

俺は、生きている。

そんな当たり前なことを、すぐには理解できなかった。

「いつまで放心してんだ。まずは一件終わったぞ」

志川の呆れたような声が頭に響く。

そうだ。俺は今、今朝発見された被害者の最期の記憶を見ていたんだ。

岡野さんの時と比べてもあまりにも異様だったせいで、被害者の記憶だと分かっていてもまだ頭の中が混乱している。

ゆっくり起き上がると、目尻から頬にかけて涙が何度も流れ落ちていた形跡があった。軽く両手で拭って、俺はベッドに腰をかけた。

「で、ご感想は？」

問われても、言葉が出てこない。

殺害方法が扼殺、犯人の手によって首を絞められたものであるのは確かだ。だけど、他に何が分かったというのだろうか。

「分からない……」

素直な気持ちを口にすると、志川が大げさにため息をついた。

「おいおい、たかだか感想だぜ？　分からないってなんだよ」

「そう、だよな」

彼女の恐怖はすごく伝わってきた。だけどそれと同時に彼女の感情として、混乱と困惑の方が上回っていたような気がする。きっと最期まで、自分自身に何が起こっているかよく理解できなかったのだろう。

そして、俺も彼女が一体何をされたのかよく理解できなかった。深く考えればもしかして分かるのかもしれないが、俺の中の何かがそれを必死で拒んでいる。考えようとすると体が震え出す。

「で、どうすんだよ。次見るのか？」

俺の反応が薄いせいか、志川はやたらと面倒臭そうに言った。

次っていうのは、大石さんの記憶だ。

さっきまでは見るつもりだったのに、なぜか今はすぐに頷けない。これ以上見てはいけないと、誰かが言っているような気さえする。

「別に無理に見ろとかは言わないぜ？　実は結構これやると、疲れんだよな」

なんで俺はあんなものを見たんだっけ。俺の目的は一体なんだったっけ。

当たり前のことすらなかなか浮かんでこなかったが、それでも次第に頭が動き出してきた。

連続殺人犯がいる。そいつは現時点ですでに六人を殺害し、そしてこれからも犯行を続ける。俺はこの腐ったヤツにこれ以上誰かを殺されないよう、犯人を特定したい。

ああ、そうだ。俺は、この事件に終止符を打ちたいんだ。そのために被害者の記憶を見て、犯人特定に繋げたいんだ。

「悪い、ちょっと混乱してたみたいだ」

「俺からすると、ちょっとどころじゃなかったけどな。頭がいかれちまったのかと思ったくらいだ」

「いかれてるのはお前だけで十分だろ」

忌々(いまいま)しい志川の嫌味が、恐ろしいことに今は清涼剤にすら感じられる。

「そんだけ軽口叩けりゃ、問題ねえな。んじゃ、次行くぜ」

　そうして志川が再び俺の頭を掴んだ。


　暗い空間だったはずが、突然眩い光が当てられた。

　あまりの眩しさに目を閉じようとしたが、なぜか閉じることはできなかった。普段見えるよりも視野が狭く、焦点が合わない。それがこの強い光のせいなのか、もしくは片目だけ見えている状態なのか、分からなかった。

　頭がぼんやりとしている中、くらくらしそうなほどの強い光を見つめながら、どこかで見たことあるような光だと思った。

　そうだ、これは無影灯だ。少し小さいけど、いつも手術室で見る無影灯の明かりに、とてもよく似ている。

　そこでやっと、自分がどこにいるのかを考える。

　手術室とは違い、無影灯のような光以外、周囲に明かりはなかった。誰かが光の先にいるのが見えるものの、逆光で詳細までは分からない。周囲の様子も光に邪魔されてよく見えない。

　カチャカチャと聞き慣れた金属音が耳に入ってくる。手術室でいつも聞く、メスやハサミ、そして止血鉗子などを医療トレイの上に置くような、そんな音だった。

私、手術をするんだっけ——はっきりしない頭ですぐにそんなことを考えたのは、もしかしたら職業病なのかもしれないと心の中で苦笑した。

状況が飲み込めないながら、座っている状態から立ち上がろうとした。しかし、体は動かなかった。どんなに力を入れても、手も足もぴくりともしない。

ようやく、今自分の置かれている状況が異様だと気付いた。嫌な汗がじんわりと額に浮き出てくるのが分かった。

ここから逃げなくては——そう思うのに、体が動かない。

必死で全身を動かそうとしても、頭だけ動かして周囲を確認しようとしても、微動だにしない。声を出そうとしたが、口に詰め物をされているのか空気の抜けるような音しか出なかった。

金属音が止んだと同時に、誰かが近付いてくるのを感じた。一人だというのは分かったが、逆光で男か女かすら判別できない。

顔に向かって伸びてくる手は、手術の際にするようなゴム手袋に包まれていた。その手に握られているのは、何かの器具だ。でも、手術に何度も立ち会ったことのある自分にも見たことのない形だった。

目に真っ直ぐ伸びてきたその器具から逃れようと、瞼を閉じようとした。しかし、瞼は引きつるような感覚が僅かにしただけで、閉じることはできなかった。

この手は何をしようとしているのか——考え付いたのは、恐ろしいことだった。

真っ直ぐ眼球に伸びた器具は、水気のある嫌な音を立ててなおも突き進んだ。視界が僅かに揺れ、器具がまるで何かを掻き回すように動いている音が響く。

そして突然、視界は暗くなった。

人の気配が少しだけ遠ざかっていく。

「やはりいい……綺麗だ……」

くぐもった男の声が聞こえた後、ぽちゃりと何かが液体に入る音がした。

痛みはなかった。それだけに余計、頭は恐怖で支配されていく。

視界が暗くなった理由を考えることが怖かった。

少しだけ間を空けて、再び誰かが近付いてくる。

その誰かの両手が首に触れた。ゴム手袋越しでも分かるくらい、冷たい手だった。徐々に力の入っていくその手が、確実に頚動脈(けいどうみゃく)を圧迫していく。

そうか、私は殺されるんだ。

抵抗したくても、体は動かない。

無抵抗のまま殺されるのは、悔しくて堪(たま)らない。

せめて何かしてやりたいと思うのに、どうにもならない。

されるがままになって、その時を待つしかなかった。

苦しい。悔しい。

苦しい。悔しい。

次第に意識が遠のき始めた。

もう終わりなんだと、絶望という闇に体が飲み込まれていく感覚が襲ってきた。

だけどそんな感覚も徐々になくなっていき、やがて、全てが消えた。

今度は天井が見えた瞬間、自分の部屋だと理解した。

思わず自分の瞼に触れて、そこに目があることを確認していた。

ゆっくり上半身を起こした俺が、さっきのは見せられた記憶で今が現実だと認識できているのは、二件続けて見たからだろう。そうでなければ、きっとまた混乱していた。

一件目にも感じた得体の知れない恐怖の正体は、生きながらにして眼球を取り出されたことによるものだったと気付いた瞬間、夕飯が喉元まで戻ってくる。

これまでずっと、眼球は死後に取り出されていたのだと思っていた。実際、岡野さんの時はそうだったし、報道でも特に触れていなかったからだ。

「顔色悪いぜ、駆け出し探偵」

「生憎（あいにく）、俺は健全な精神の持ち主なんだよ」

必死に込み上げてきたものを胃に戻してから、俺は床に足を下ろした。膝に肘を付いて、頭を抱える。

　気持ち悪い。

　痛みはなかったものの眼球を抉り出される音、そして微かな感触があった。思い出すとまた、吐きそうになる。

「で、どうだったよ」

「想像以上に、犯人はいかれてる」

「おいおい。何人も殺すような人間だぜ？　いかれてるに決まってんだろ」

　志川が小馬鹿にしたように正論を言うが、コイツが言うとなぜか正論に聞こえない。

「俺が二回も協力してやったんだ、それなりの成果を出してくれよ」

　言われても、分かったことはそれほどないとしか言えなかった。

　まず、犯人が確実に男だというのだけは分かった。しかし一人目の視界はぼやけていて顔は見えなかったし、近付いた時もマスクをしていたことくらいしか分からなかった。

　大石さんの時は明かりが眩しすぎたせいで見えなかった。声だって聞いたことあるような気がしても、マスクでくぐもっていた上にこれといって特徴のない声で、多分もう一度聞いても分からないと思う。

　あとは、殺害現場は暗くて静かな場所であること、そして眼球を取り出してから手によって絞め殺されていたことは二件に共通している。

「おいおい、だんまりとか止めろよ。なんか考えてるならよ、ちゃんと俺に言えっての。じゃなきゃせっかく協力してやった俺がかわいそうだろ？」

考えを進めていたところを、椅子に座って優雅に足を組んでいる志川によって妨害された。

コイツの思い通りなんかに動きたくないが、よく通る、頭に響くその声で話しかけられては正直邪魔でしかない。

仕方がない。口に出して、頭の整理をしていくことにするか。

「内容を知っているお前なら分かっていると思うけど、断定できることは少ない」

「そこを掘り下げるのが、探偵の仕事だろ？」

肩を竦める志川を、俺は半眼になって睨み付ける。俺の推察を聞きたいっていうなら黙ってろよと思いつつ、先を続けることにした。

「まず、犯人は男ってことだ。これは見た目と声から判断できた」

「当たり前すぎて、面白みも何もねえな。んで？」

頭に来るが、確かにこういった事件では犯人が女ということは少ないし、当たり前といえば当たり前だ。それに推測しなくても声だけではっきり断定できる事項だ。

「マスクをしていたから顔は分からない。声に特徴はなかったけど、強いて言うなら二十代から四十代くらいかもしれない」

声で年齢は判別できない。だけど、比較的若い声だったと思う。

「くぐもっていて、なおかつ小さな声でもはっきり聞こえたから、殺害現場はかなり静かな場所だ。あと、カーテンの隙間から少し光は入っていたけど、それでも暗い場所だった」

「それも推理なんて言えねえレベルだな」

コイツはいちいち茶々を入れないと気が済まないのか。

「それに、眼球は……」

言いかけて、またあの音が頭の中で聞こえてきた。気持ちが悪くなってくるが、音を振り払うようにして俺は先を続ける。

「眼球は、生きたまま取り出されていた。その時、拘束されていたせいもあって二人とも動けなかったし、痛覚がなかった。多分、麻酔の類を使われているんだと思う。全身が動かないのに意識を保てる麻酔があるかなんて、俺には分からないけど……」

「お、そこに気付いたか。それで？」

俺が知らないだけでそんな麻酔もあるのかもしれない。だけどそこを考える時に思うのは、犯人があえてその麻酔を選んでいる可能性だ。被害者の意識を保ったまま眼球を取り出し、そして手で絞め殺しているとしたら……犯人は俺が思っていたよりも数段、いかれている。

「けど……目を閉じようとしても閉じられなかったのは、なんでだ？　麻酔をしているからって、瞼を開けたままになんてできるのか？」

言いながら、一つの可能性が頭に浮かんだ。

「瞼を閉じられないような、そういう器具があるのか……？」

立ち上がった俺は、机上にあるノートパソコンの電源をつけた。

「何調べるんだ？」

「眼科手術とかで使うような器具」

角膜手術とか、白内障手術なんて耳にするくらいだ、きっと瞼を開けたままにする器具はあるはずだ。

立ち上がったパソコンでウェブブラウザを開いて検索サイトで『瞼』『固定』『器具』と入力して、検索をかけた。出てきたのは医療用器具を取り扱う会社のサイトや、辞書サイトの類だった。どれにも開瞼器（かいけんき）という単語が書かれていた。

「開瞼器……やっぱり、そういうのがあるんだな」

「ほんと、人間って色んな道具を作るよなあ。俺は料理しか興味ねえけど、調理器具にも便利なもん次々出るしなあ」

しみじみと言うが、調理器具なんぞそれこそコイツの仕事には関係ないだろうに。

「こういう道具を使ったかどうかは分からないけど、麻酔を使っていることと併（あわ）せて考えれば、犯人が医者とかの医療従事者の可能性は高くなる」

こんな犯人が医療従事者と考えるだけで恐ろしい。人体に興味があるとしても、合法的に手術をするだけじゃ飽き足らないのか。

「俺が今言えるのは、以上だ」

「ふうん」

満足いくような内容ではなかったのか、志川がどこか退屈そうな顔で足を組み直した。

「んで、これからどうするんだ？」

痛いところを突かれた。今ある情報だけでは正直犯人を特定することなんてできない。それどころか、絞り込むことだって不可能だ。

「……ちょっと、これまでの事件を整理する」

「お、いいねえ。それっぽくて！」

ここまで露骨(ろこつ)に喜ばれるとやる気が失せる。だけどもう投げ出す気なんてさらさらない。

「いつまでそこに座ってるんだよ。どけ」

椅子に座り続ける志川を見下ろして言ってやる。そこでようやく俺が何をしようとしているのか気付いたようで、嫌味ったらしい笑みを浮かべながら優雅な仕草で立ち上がった。

「どうぞ名探偵様、お座り下さい」

仰々(ぎょうぎょう)しく空いた椅子を手で示されたが、気にせず座ることにする。

「それにしてもよ、最近の人間はすぐにネットで検索だよな。自分の足で調べようと思わねえの?」

「情報の出所と信憑性を考慮した上でなら、これほど便利なものはないだろ。だいたい、事件のことならニュース記事を探すのが一番だ」

「そんなもんかねえ」

俺はパソコンのキーボードに手を乗せた。どのように検索すべきか悩んで、とりあえず『東京都』『H市』『眼球』『連続殺人事件』と入力した。

検索結果は十五万件を超えている。その中でも上の方にあった結果に、俺は思わず苦笑いを浮かべた。

「殺人事件まとめサイトとかあるんだな……」

「こういうの作るのって暇人なのか?」

志川の言葉を無視しながらも、俺自身としても世の中には色々な嗜好の持ち主がいるものだと感心してしまう。

信憑性という意味ではそれほどあるわけではないが、とりあえずそのサイトを開いてみる。出てきたのは、時系列ごとにまとめられた一覧だった。とても整理されていて、見やすい。

「始まりは去年の五月、そしてそれからは二ヶ月おきで、七月、九月、十一月……」

今の俺でも知っていることだったが、念のためプリントアウトしておく。

更に一覧を見ていくと、どの被害者も行方不明になってから大抵一日から三日後に発見されていると書かれてあった。どれも俺が知っていた内容とそう違いはない。

ニュース記事も検索する。事件の起こった月と場所と殺人事件と入力すると、すぐに目当ての記事が検索結果として上がってきた。それを過去四つの事件、そして今朝発見された遺体の事件、全てで行ってから一つずつ見ていく。

「遺体発見場所はどれも林道脇や林……てことは、犯人が車を所持しているのはほぼ間違いないか。それにしても、割と発見されやすい場所にわざわざ遺棄するなんて、どういう意図なんだ？　よほど自分の犯行を見て欲しいのか、それとも遺体に興味がないからなのか、自信家なのか……」

俺は疑問点を呟きながら、被害者の写真を検索していく。

「やっぱり、どの人も目が大きいな」

表示される画像は卒業写真やスナップ写真とまちまちだったが、どの被害者も大きな瞳で、写真を見た時に一番初めに目が行く。そしてもちろん、大石さんも大きな瞳をしていた。

「被害者が狙われる理由は、やっぱり目か。あとは、十代後半から二十代中頃までの女性」

改めて写真を見比べれば一目瞭然だった。瞳に目が行くような若い女性が、犯人にとっての標的だ。

「被害者は皆、このH市、近隣の市や区で行方不明になって、遺体も同じような範囲で見つかっている……犯人はこの辺に土地勘があるのかもしれない」

だけど、この辺に土地勘のある男性医療従事者が一体どれほどいるというんだろう。たとえ眼科医だけとしても、相当な数いるはずだ。そして、ただ眼球に固執しているだけなら、そんなの表に出していなければ知られずに済む。

「とりあえず、地図に記入してみるか」

インターネット上で適当な地図を探し出して、A4二枚に分割して印刷してみる。そこに遺体発見場所、五ヶ所を記入した。

「すぐ分かるような規則性なんて、ないよな……」

たかだかこれくらいで規則性が見つかるなら、警察はとっくに見つけているはずだ。大石さんを入れて六名の被害者なんて出す前に警察が犯人を捕まえていたり、手がかりを掴んでいたりするはずだ。

それこそ俺が記憶を見ることで知った情報だって、とっくに掴んでいる可能性は高い。麻酔の種類だって遺体から検出しているだろうし、開瞼器が本当に使われているのかどうかだって判明しているだろう。

考えれば考えるほど、俺の行動で何かが変わるなんて、ただの思い上がりに思えてきた。

「なんだよ、もう終わりか？」

ベッドの上で勝手に寛いでいた志川が、俺の考えを読んだかのように言った。

「情報が少なすぎるんだよ」

「わざわざ俺が二件もアレを見せてやったのにか？　ちょっと贅沢すぎねえ？」

文句を言われるのは想定内だが、実際に言われるとやはり気に障る。

「内容を知っているなら、分かるだろ。俺が言ったこと以外、一体何が分かるって言うんだよ。ただの大学生にお前は何を求めてんだ」

「知らねえよ。犯人を突き止めたいって言い出したのはお前だし」

全く、ああ言えばこう言うだ。

だけどコイツの言う通り、望んだのは俺だ。今だって、投げ出したいと思っているわけではない。ただ、八方ふさがり状態なだけだ。

「お前がもっと情報をくれれば楽なのにな」

「俺は安くねえからな。それ相応の見返りがねえと」

この見返りとやらは志川が面白いかどうか、ということか。俺が被害者の記憶を見るのはヤツにとってそれなりに面白いことのようだ。

いっそのこと犯人は誰かを教えて欲しいくらいだが、さすがにそれは無理だろう。それ以外で、何かコイツが俺に教えそうなことはないだろうか。

「思い出した。お前は亡くなる人と時間と場所は分かるんだよな」

「そりゃ、魂を回収するんだから当たり前だろ。分からねえと、仕事にならねえっての」

「じゃあ、亡くなった人のだって覚えてるよな」

「まあ、お前より記憶力はいい自信あるぜ」

いちいちむかつくヤツだと思っていると、気付いたように志川が手を叩いた。

「ああ、もしかして死んだ場所を知りたいってのか？」

「記憶を見た二人の亡くなった場所の詳細くらい、覚えてるよな」

「場所ねえ。それを知って何かなんのか、駆け出しくん」

確かに知ったところで、どうにもならないかもしれない。だけど今は少しでも情報が欲しい。

「知らないと、何になるかどうかも分かんないだろ」

「ずいぶんと、もっともらしいお言葉で」

志川が大げさに肩を竦めてみせる。今更ながら、本当にコイツは俺を苛立たせるのが得意なようだ。

「そうだな、場所を教えるくらいはしてやるか」

どうやらヤツなりの損得勘定（かんじょう）をし終わったようだ。一体どんな思考によって教える気になったのかは知りたくもないが、俺にとっては良い方向に動いたのでよしとしておく。

「その地図、貸してみろよ」

机の上にあった先ほど印刷した地図を指差されて、俺は無言で志川に差し出した。それほど詳細でもないものを、一体どうするつもりなのだろう。観察していると志川は軽く二回、地図上のどこかに触れた。

「ほらよ」

戻ってきた地図には俺が付けたのとは別の印、小さな赤い点が二つ追加されていた。二つはそう離れていない。

ペンも何も持たない志川はただ地図に触れただけだ。一体どういう理屈で点が描かれたのか分からないが、今はそれを考える気にもならない。

「これじゃ、どんな場所か分からないな」

仕方なしに、俺は印刷元のウェブページを開き直した。志川の付けた印と同じ場所を見つけ、どんどんと拡大していく。二つとも住宅街から少し離れて周囲に特に目立った施設もないような、道路の真上だった。

「道路の真上……でも、殺害場所は外ではなかったから、車の中ってことか」

カーテンから漏れていた光は、外灯によるものだっただろう。

「あんなことをできるくらいだから、結構大きな車だな」

さすがに軽自動車やセダンなどで作業は難しいはずだ。あの記憶からしても、それほど男が窮屈に動いているような感じはなかった。恐らくワゴンのような大型車のはずだ。

「大石さんが病院付近で連れ去られたとして、ここまでは……大体、車で三十分てところか」

大石さんの死亡時刻は二十一時前だった。作業をするのに三十分必要だったとしても、移動する時間はたっぷりとあったということだ。

「で？　殺害が車内で行われたってこと以外、なんか思い付いたか？」

問われて、俺は何も言葉が出てこなかった。

何も殺害場所を聞いてすぐに犯人に直結すると思っていたわけではない。だけど、何か見えてくるものがあるんじゃないか程度は期待していた。しかし現実はそう上手くいかないもので、分かったことと言えば犯人が車を確実に所持していたということだけだ。

「思い付かない」

俺は事実だけを、感情を含めずに伝えることにした。

「分かったのは、これまで口にした通りのことくらいだ」

「つまり、全然分かってねえってことだな。素人なんてそんなもんなのかねえ」

「そうだって、俺は初めから言ってるだろ」

俺は漫画や小説に出てくる、都合の良いことを簡単に推理できてしまう天才的な名探偵なんかじゃない。俺以外の誰が推理しても、これだけの情報で犯人には辿り着けるはずがないと言える。それに、この程度の情報で辿り着けるなら、それこそ警察がとっくに逮捕しているはずだ。

「正直言って、本当に行き詰まり……」

降参だと言おうとしたその瞬間、携帯のアラームが鳴り始めて俺は慌ててそれを止めた。

「嘘だろ……もう朝なのかよ」

木曜日は一限目から講義が入っている。だからアラームは七時に設定してあるのだが、今まさにそのアラームが鳴ったのだ。

昨日帰宅したのは二十一時半で、それからもう九時間以上経っているとはとても思えなかったが、窓の外を見てみるとどう見ても朝だ。朝であることを認識すると、急に眠気が襲ってくる。

次の被害者が出るのは土曜日、つまり明後日の夜——なら、今は大学に行くことにしよう。気分を変えれば何か浮かぶかもしれない。

その前に風呂に入って、少し頭をすっきりさせよう。

「なんだよ、あきらめんのか？」

「まだあきらめるつもりはない。けど、学生の本分も忘れるわけにもいかないからな」

行き詰まっているのは確実でも、犯人を野放しにしておきたいわけではない。今はまだ何も見えてこないけど、こうなったら意地でも土曜日までに何かを掴んでやる。

「勇ましいことで。じゃあ一応期待してるぜ、駆け出しくん」

志川の嫌味ったらしい一言を聞き流しつつ、俺は風呂へと向かった。


一睡もしない状態でバイクの運転はどうかとも思ったが、どうやら眠気のピークは越していたようで、逆に頭は冴え渡っていた。

いつもより少し早めに大学に着いて、駐輪場に愛車を停めてから俺はスペイン語の講義のため、講義棟三号館へと向かう。まだ講義まで時間があるせいか、心なしか生徒は少ないように見えた。

五月の下旬でも朝はまだ肌寒い。バイクを乗る時は必ず上着を着ているから、むしろ降りると暑いくらいだった。立ち止まって上着を脱いでいると少し先、事務局本部棟の近くに見慣れたその姿を見つけた。細身のジーンズに大きめの白いプルオーバーを着ているのは、間違いなく桧原さんだった。

このまま歩いていけば挨拶できるかなと考えていると、彼女が木陰にいる人物と話していることに気付いた。距離が縮まっていくにつれて桧原さんよりもずっと背の高いその相手も、知っている人物だと分かった。大学のＡ４封筒を手にした男は、大学病院の松永先生だ。白衣は着ていないものの、病院にいる時のようなスラックスをはいているところを見ると、仕事中に用事があって大学に来たのだろうか。

二人は昨日見た時よりも親しげに見える。松永先生は相変わらず文句の付けようのない爽やかさで、時折桧原さんも笑みを零している。少し年齢差はあるものの、美男美女と言ってもいい二人が並ぶと絵になった。二人の関係性を知らなければ、恋人同士ではないかと思うかもしれない。

いや、関係性って、なんだ。

もしかして医師と元患者の家族という関係以外ないと思っているのは、俺の勝手な思い込みではないだろうか。もう二人はお互い惹かれ合っていて、付き合い始めるのも時間の問題なのではないだろうか。

考えれば考えるほど、心がもやもやとする。

つい最近まで桧原さん争奪戦に加わるつもりもなくて、ただ学友として仲良くしていければいいと思っていた。それなのに、今俺は何を考えているんだ。少し近付いただけで勝手に舞い上がって、楽しそうな桧原さんと話す、松永先生に嫉妬している。松永先生からしてもいい迷惑だろう。

冷静に考える自分がいる一方で、何を話しているんだろうと気になって仕方のない俺もいる。それどころか、親密な空気をかもし出しているあの中に飛び込もうとしている自分がいる。

きっと、寝てないからだ。徹夜明けのナチュラルハイのせいだ。

「おはようございます！」

気が付いたら、俺は二人にうざいくらい元気よく挨拶をしていた。

「おはようございます」

「佐東くん、おはよう。今日は一コマ目から講義？」

松永先生が軽く会釈をするのに続いて、桧原さんが朝から可愛らしい笑顔を俺に向けてくれた。邪魔したつもりだったのに、彼女はそんなこと微塵も感じていないみたいだ。

「うん、今からスペイン語。桧原さんは？」

そう口にした瞬間、全身が粟立った。重苦しい空気が纏わりつき、眩暈が俺を襲う。間違いなく俺の本能の警告だというのは理解できた。

志川が現れたのかと思ったがそれにしては少し軽いし、アイツが近くに来た時とは何か微妙に違う。この場にいたら危ないってことだろうか。それなら、桧原さん達も危ないということになる。どこかに避難した方がいいのかもしれない。

だけど、いつもならそういう場所に近付くにつれて感覚が強くなる。こんな急に来たのは、志川が突然姿を現した時くらいだ。俺が動いてないってことは誰か、あるいは何かが近付いてきているってことだろうか。

「私は今から基礎論理学だよ」

「ああ……桧原さんは木曜日が基礎論理なんだ。じゃあ、高梁と一緒だね」

「うん、高梁くん一緒だよ」

平静を装いながら俺は周囲を確認しようと、軽く目を動かした。

一瞬存在を忘れていた松永先生と、目が合った途端のことだった。

俺の背中をさらに悪寒が襲ってきた。

これまで彼と何度も会った中で見たことのない、憎悪をむき出しにしたような視線が向けられていた。その意図が分からず、俺は蛇に睨まれた蛙にでもなったかのように、言葉が出てこなかった。

しかし、そんな視線もほんの一瞬だった。

「二人とも今から講義なんですね。頑張って下さい。僕はこの書類を教授に届けなくてはいけないので、そろそろ失礼します」

「はい、さようなら先生」

桧原さんと俺に向かって爽やかに手を振りながら去っていく松永先生を見ていると、さっき見たのは幻だったんじゃないかと思うくらいだ。

少し安堵しながらも、気付いたことがある。

あの重苦しい空気が一切感じられない。本能の警告は、初めからなかったかのように消えていた。それがどういうことなのか考えてみようとして、桧原さんに覗き込まれていることをようやく認識した。

「佐東くん、顔色あんまり良くないけど、平気？」

「あ、うん。ちょっと昨日寝てないから、眠いみたい……」

そこまで言ってから、再び背中に妙な気配を感じて思わず振り返った。視線の先には松永先生の後ろ姿があった。もしかして俺は今、また見られていたのだろうか。

「大丈夫？　っていうか、そっちに何かあった？」

「う、うん、大丈夫。ちょっとバイクの鍵ちゃんと持ってるか、気になっただけ」

「バイク乗ってるんだ。かっこいいね。けど、眠いのに運転とか気を付けなくちゃダメだよ」

桧原さんから心配そうな顔を向けられて、俺は酷い解釈をしようとしていた。さっきのあの空気は、もしかしたら松永先生が俺の害になるということではないだろうか。だから先生が離れていったと同時に俺の体は楽になった、というのは考えすぎだろうか。

「そうだ、桧原さん。ノートはやっぱり来週の心理学の時でいいかな？　昨日ちょっと、写す時間がなくて」

自分勝手な考えを振り払うように、俺は話題を変えることに必死になった。

「うん、全然いいよ。もし都合とか悪いなら、統計の授業の時だけ返してくれれば、その後にまた貸すこともできるし」

「さすがに土日あれば大丈夫だよ。ごめんね、ありがとう」

「気にしないで」

そう言って、桧原さんは無防備な笑顔を俺に向けた。いつもなら嬉しいのに、今は余計な考えが頭に浮かんでくる。

「あのさ、松永先生と親しいの？」

「え？」

俺の質問に、心底驚いたように桧原さんが目を見開いた。

「いやほら、昨日も話してたから」

意外な反応だったせいで、少々しどろもどろになりながら言葉を付け足した。

「全然だよ。お見舞いに行った時、病棟の行き方を聞いたのがたまたま松永先生だったの。それにお祖母ちゃんがお世話になった先生だから、顔知っているっていうくらい。昨日も今日もたまたま会っただけだよ。大学の付属病院の人だと、結構会うものなんだね」

桧原さんの言葉に嘘はなさそうだった。ついでに言えば、あまり松永先生には興味がないようにも聞こえた。だいぶ、俺にとって都合のいい解釈だけど。

「そうなんだ」

「あ、ごめん。私一号館だから、そろそろ行かないと」

「こっちこそごめん。またマクロの時に」

「うん、また後でね」

笑顔で手を振りながら、桧原さんはここから五分弱はかかる一号館に向かって走り出していた。

俺の行くべき三号館はもう目の前だ、焦る必要はない。さっきのあの空気について少し考えながら、歩くことにした。

本当に松永先生が俺の害になる存在だとして、それはなぜだろうか。昨日会った時には感じられなかったのに、今日になって急に感じたのはなぜだろうか。

昨日も今日も、桧原さんといる時に俺が現れた状態だったのは変わらない。なら考えられるのは、松永先生の心境に何か変化があったということだ。

なら、どういう変化なのか。

例えば桧原さんに好意を持っていて交際を申し込もうとしていた、というのはどうだろう。だけど、それくらいなら、俺が割り込んで話しかけてもあんな目は向けない気がする。あれだけの美形だ、俺をライバルと考える必要なんてないはずだ。

そういえば松永先生も男性医療従事者で、二十代で、目の綺麗な桧原さんによく話しかけている。条件だけで考えれば、俺の考えた連続殺人の犯人像にばっちりと当てはまる。まあ、車を所持しているかどうかは知らないし、松永先生以外にもどれほどの人がこの条件に当てはまるか分からないけれど。

「まさか、松永先生が犯人だったりしてな」

ありえないと思っているからこそ、俺は投げやりな気持ちで呟いた。

「お、冴えてるねえ。探偵の勘ってやつか？　その通り、ご明察だぜ」

ぞわりとする気配とともに、志川の声が耳元で響いた。

そうそう、志川の気配はこうだったと一人納得していた俺は、その言葉の意味を理解した瞬間、立ち止まった。

振り返ると、胡散臭い笑みを浮かべてヤツが立っている。いきなり現れて周りに見られたらどうするんだと思ったが、幸いにも気にしている人はいないようだ。

「どういう、ことだ？」

「どうもこうもねえよ。名探偵の卵が今、答えに辿り着いたっていうだけだぜ」

いつのまに駆け出し探偵から名探偵の卵になったのか気になったが、今はそれよりも重要なことがある。

「本当に、松永先生が……犯人、なのか？」

「またまたあ。自分で言ったくせにとぼけないで下さいよ、先生」

自信なく尋ねた俺の背中を、志川は楽しそうに叩いてくる。今度は先生になっていることが引っかかるが、事実の方が大事だ。心を落ち着かせながら俺は志川の言葉を噛み砕いて飲み込んでいく。

女性に全く不自由しないような容姿、そして医師という職業に就いている松永先生が、一連の事件の犯人だという事実はなかなかにして受け入れがたい。病院内でも評判の先生で、大石さんの時だって親切に——考えて、俺の頬を汗が伝ったのが分かった。

あの時、すでに大石さんは松永先生に捕らえられていたのではないだろうか。そんな彼女を探している俺をあきらめさせるためか、それとも嘲笑うためか、先生は俺に力を貸してくれる演技をした。それも、俺が親切だと感じるほど何食わぬ顔で。

純粋に恐怖を覚えた。

「ちょっと待てよ。じゃあ、俺がさっき感じ取ったあれは、やっぱり松永先生が犯人だからってことか」

「ああ、お前の超感覚な。今後関わりを持つならやべえってことだろ。だってお前昨日も看護師のこと聞いてたし、アイツも思うところがあるんじゃねえの」

あっさりと謎が解けて拍子抜けすると同時に、もう一つ気付いたことがある。

「桧原さんに執拗に話しかけているのは、次の標的が桧原さんってことなのか？」

「さあ？　犯人が分かってんだし、今後の被害者についてはノーコメントとさせてもらうぜ」

俺の動揺を誘うかのような、意地の悪い目つきをしてやがる。

桧原さんが次の被害者だったとしたら、どう回避しても彼女は土曜日の夜に亡くなってしまうことと同義だ。正直、それ以上考えたくはない。今、俺にできることをとにかくやろう。集中してしまえばきっと、考えなくて済む。

犯人が判明した以上、どうやったら松永先生を警察に逮捕させることができるのかだけを考えよう。

覚悟を決めた俺は、ひとまず講義室へと急いだ。

第六章

全ての講義を受けてから、俺はまず大学病院へと向かった。

「お、なんだ？　早速追い詰めんのか？」

ＳＲ４００を停めてすぐ、志川の僅かに浮かれた声がした。

「いや。計画を立てるためにも、まずは先生の予定を知りたい」

「予定？」

「土曜日までの勤務時間、これが分かればだいぶ先生の行動が読めるだろ」

「なるほどなあ。なんだ、ずいぶん頭が冴えてきたんじゃねえの？　本領発揮というやつか？」

何の本領だとは思ったが、確かに昨日までよりは考えが回る気がする。

問題は、勤務表を一体どうやって手に入れるかだ。どこに行けばあるのかも分からないが、とりあえず俺は三階のナースステーションへと向かった。

なぜか知らないが、志川は姿を現したまま一緒に付いて来る気らしい。そういえば昨晩来た時はコイツはいなかった。まさかとは思うが、夕飯を食べることを優先させたのではないだろうか。

「あら、佐東くん」

ナースステーションに戻ろうとしていた山岡さんが、俺の姿を見つけて小さく手を振ってきた。

「大石さんに会いに来たなら、生憎だけど彼女今日は欠勤しているわよ」

「え？」

自然に驚いた演技をすると、山岡さんが頬に手を当てながらため息をついた。

「連絡しても出ないんですって。あの子はとってもしっかりしているし、無断欠勤するような子じゃないのよ。部屋で倒れているとか、何かあったんじゃないかって心配で」

「そうですよね……」

そうか、まだ大石さんの遺体は発見されていないんだ。ニュースでも流れていないし、もしかすると松永先生はまだ遺棄していないのかもしれない。

ナースステーションへ軽く目を向けてみると、想像通り部屋の中心あたりに勤務表らしきものが貼ってあるのが見えた。これでも視力は両目ともに一・〇を超えている。多分間違いない。

だけど、さすがに細かな文字までは確認できない。ここで山岡さんに会っていなければ受付に行って確認できたかもしれないが、この状況で更に近付くのは得策ではない。

「じゃあ、また出直します」

「そうね、それがいいわ。私からも、大石さんが来たら伝えとくから」

「お願いします」

軽く頭を下げてから、俺はひとまず階段で二階へ下りた。

ここからが問題だ。山岡さんがいなくなった頃を見計らってもう一度見に行っても、やはり怪しいと思われるだろう。あんまり何度も訪ねると、俺が大石さんのストーカーだと勘違いされる可能性だってある。そうなったら、大石さんの殺害容疑をかけられないとも限らない。

何か方法はないかと辺りを見回した俺は、先ほどからなぜか姿を現したまま付いてきている志川を見てふと思い付いた。

「お前、コンビニのシュークリーム食べたいんだよな」

「お、よく覚えてるな。そうそう、とろなまシューってやつな」

問いかけに、志川は意気揚々と頷いた。

「上のナースステーションの真ん中辺りの壁に、勤務表が貼ってある。食べたいならあれ、持ってこいよ」

「まーた利雄は俺に泥棒させせんの？」

嘲笑を浮かべる志川だが、俺だって負ける気はない。

「最近出た、期間限定のエクレアも旨いらしい」

「よし、行ってくる」

なんだ。あと二個くらいあったのに、安上がりなヤツだ。けど、俺の財布に優しいからいいとしよう。

昨日はすっかり忘れていたが、コイツにとってのもう一つの見返りは食べ物だ。今回の件が解決するまで、これで上手く主導権を握ってやる。

「俺は地下のコンビニに行ってるからな」

早速階段を上がっていくアイツに聞こえたかどうかは知らないが、きっと俺の居場所なんてすぐ分かるはずだ。気にせずに地下へ行くことにしよう。

階段を下りながら考えた。ここでまた松永先生に会ったら、どんな反応をすればいいのか分からない。できれば会いたくないと思っていると、幸いなことに知った顔には全く会わないままコンビニまで辿り着いた。

とろなまシューを一つ、そして期間限定のメロンエクレアを自分用と合わせて二つ買ってから店の外に出ると、志川がしたり顔で立っていた。

「持ってこれたのか?」

「当たり前だろ。なんてったって、とろなまシューとエクレアがかかってんだからよ」

コイツの食べ物に対する執着は異常だと改めて思いつつ、誰かに会ってしまう前にさっさと帰路につくことにした。


夕食後に部屋に戻った俺は、早速志川から受け取った勤務表を机に広げた。

「金曜日も土曜日も出勤か」

金曜日は八時から十九時、土曜日は早番なのか六時から十七時までの勤務時間になっている。犯行に及ぶなら、休日や早く上がれる日は最適なはずだ。松永先生が土曜日を選ぶのも納得できる。

「上がる時間が分かるなら、待ち伏せて尾行することもできるな」

口にしてから、それではダメだと軽く頭を振った。尾行するのでは結局また後手に回ってしまうかもしれない。あんな結果は、もうごめんだ。

あれから少し探ってみたが、次の標的が誰かを志川は相変わらず教える気はないらしい。だけど、桧原さんも松永先生好みの印象的な瞳を持っていること、そして執拗に桧原さんに話しかけていることからも標的の一人として目星を付けているのは間違いないと思う。

仮に桧原さんが次の標的ではなかったとしても、その後は分からない。

とても自分勝手な考えだと分かっているけど、桧原さんが殺されるのだけは避けたい。いや……生きたまま眼球を取り出される行為は、今後誰にも味わって欲しくない。殺人を楽しんでいるような、自分の欲望のために人を殺すような、そんな狂った人間に傷付けられていい人なんて、一人もいるはずないんだ。

と、そこまで考えて俺は思い付いた。

一人だけ、いるじゃないか。

傷付いても全く構わない、誰も悲しんだりしないヤツが、俺の知る中でたった一人だけ存在する。あとは志川をどう活かしてどう動かすか、それを考えればいい。

ヤツは女の姿になれる。だが志川を囮(おとり)にするとして、松永先生は食い付くだろうか。たとえ無防備な女性がいたとしても、大きくて綺麗な瞳を持っていなければ、彼の食指は動かない。確実なのは現在先生が狙っている人間に成りすますことだが、そんなこと可能だろうか。

考えていると、ノックもなしに扉が開いた。

「これ、ママさんが取り分けてたから、俺が直々に持ってきてやったぜ」

学習というものを知らないヤツが手にしているのは、わらび餅だった。

「机に置いといて」

「だがお前にやるとは言ってねえ。俺が食う」

「勝手にしろ」

それほどわらび餅に執着しているわけではないので構わないし、むしろ良いタイミングで来たものだと思っておこう。

「んで？　いい作戦思い付いたのか？」

思い付いたかどうかはまだ言わない。ここから先は慎重に進める必要がある。

「お前、女の姿にもなれるって言ってたよな？　どの程度自分で容姿を決められるんだ？」

「どの程度って背格好ってことか？　自由自在だぜ。それに幼女だろうと老婆だろうとなんでもござれだ。もちろん、男の時もな」

「顔はどうなんだ？　誰かにそっくりとか、できるのか？」

犯人好みの顔にするというより、いっそのこと標的そのものになることができれば、囮としての精度は上がるはずだ。

「ははーん、なるほどな。お前、俺にあの女になれって言いたいんだな？」

本当に察しだけは良いヤツだ。どことなく気に食わなさそうなのは、きっとコイツにとってあまり楽しそうではないとか、そんな理由だろう。

「犯人が桧原さんに狙いを付けているなら、お前が桧原さんになって誘い込むのが一番確実だろ。決定的な証拠を掴んで、警察に引き渡せば完璧だ」

「お前にちゃんとできんのかよ」

そう問われると、自信を持って肯定できないのは事実だ。相手の方が背は高いし、俺は都合良く格闘技なんてやっていない。

だけどこの作戦なら、傷付く可能性があるのは俺だけになる。何より、志川は俺の死期は当分先だと言った。言い換えればたとえ俺がどれほど傷付いても死には至らないってことだ。

「できるかできないかじゃなくて、やるんだよ」

「カッコいいこと言ってるとこ悪いけどよ、あんまり探偵っぽくねえんだよな」

なるほど、コイツはどこまでも探偵ってヤツにこだわりたいらしい。

ここで咄嗟に探偵らしい作戦をぺらぺらと話してやれば話も早いのだろうが、生憎そこまでの作戦が現段階でできあがっているわけではない。しかし、もちろん俺にはまだ切り札がある。

「お前、なんで母さん達の前だと猫をかぶってんだ?」

「なんだ突然。こんな飯が旨い家に居候させてもらってんだ、当然だろ」

ここ数日コイツを観察していて分かったのは、両親に対しては完璧に常識人であり、良い人であろうと徹底していることだ。それはもう、気持ち悪いくらいだ。

「母さんの料理、他には何が好きなんだ?」

「これまた藪（やぶ）から棒だな。当然ながら、好きなものはたくさんあるぜ。ビーフストロガノフ、コロッケ、肉じゃが、筑前煮、ああ、ロールキャベツなんかもかなり好きだ」

さすがは好物の話、志川は目を輝かせながら次々と料理名を上げていく。一体どれほどつまみ食いしてきたのかと問い詰めたい気持ちは置いておいて、これは使えると俺は確信した。

「じゃあ、俺がこれからの数日間、お前の好きな料理を母さんにリクエストしてやる」

「まじかよ！」

予想以上の食い付きに笑いそうになるが、ぐっと堪える。

「その代わり桧原さんの姿になって、先生を誘い出してくれるよな？」

「なかなかしたたかな取引だな、おい」

言いながらも、志川の口元には笑みが浮かんでいた。

猫をかぶっている以上、志川に料理を催促することはできない。妙なところで律儀というか礼儀をわきまえているようである——俺以外には。だからこれは、ヤツにとって魅力的な取引だというわけだ。

「いいぜ、その小賢しい提案に乗ってやるよ」

全くもって、予想通りの返答だった。

これで志川をある程度思い通りに動かせる。

金曜日、土曜日の二日間で決着を付けてやる。

土曜日の夕方、俺は病院の駐車場の片隅でその時を待っていた。松永先生の車はもう分かっている。昨日の退勤時間に合わせて待ち伏せし、どの車に乗り込むかを確認したのだ。大きな黒のワゴンという、予想通りの車種だった。三十分ほど前に来た俺は、念のため松永先生の車を調べてみた。彼が犯人だと言われてもまだ少し信じきれない気持ちがあったが、中を覗いてみてそんな考えは綺麗に吹き飛んだ。

後ろが見えないようにカーテンのような布で仕切られていて、ワゴンの前方からはよく分からなかった。ただ、サイドドアのカーテンの隙間、スモークが貼ってあって不鮮明だったが、そこは確実に見覚えのある空間だった。後部座席は取り外され、広くなった車内には小型の無影灯のようなものが設置されている。二人の記憶にあったあの映像と重なって、俺はまた吐きそうになった。

ここまで来たら、もう疑う余地はない。犯人は松永先生、いや松永だ。

今は先生のワゴンが見える位置、だけど少し分かりづらいような場所から松永がやって来るのを待っている。

腕時計を確認すると、もうすぐ十六時五十五分になるところだった。そろそろ桧原さんに扮（ふん）した志川が動き出す頃だ。

手はずとしては車に乗る前に松永と接触する、という単純なものだ。

だが、今日新しい被害者を出そうとしているような犯人が、自分好みの標的を捕らえる機会を逃すとは思えない。まさに、松永にとっては飛んで火にいる夏の虫と思うことだろう——それが逆だとも知らずに。

『お、目標発見』

耳元で志川の声がしたが、いつもよりはくぐもっている。当然だ、今ヤツは俺の傍にいるわけではなく、病院の玄関近くにいるのだ。

桧原さんもどきの志川の服や鞄には、いくつかの盗聴器を仕かけておいた。また、万が一見失った時のために発信機も志川の鞄と、松永の車に装着済みだ。盗聴器の方は半径七〇〇メートル内であれば鮮明に聞き取れ、発信機にいたっては数キロ離れても分かる優れものだ。

もちろん、俺自身がこんな便利な代物を手に入れたわけではない。全て、父親の事務所から無断拝借してきたものだ。おかげで志川は探偵っぽいと妙にはしゃいでうざかった。

『おや、千佳ちゃん』

松永の声が聞こえてきた。盗聴器越しの声は、二人の記憶で聞いたくぐもったあの声とほとんど同じで、ここでもやはり彼が犯人なのだと俺は改めて実感する。

『こんにちは、松永先生』

答えているのは志川だが完全に桧原さんの声で、すごく不思議な気分になる。

『どなたかのお見舞いですか?』

『はい。サークルの先輩が昨日入院したのでお見舞いに来て、今から帰るところです。松永先生はもうお仕事終わりなんですか?』

俺の考えた台詞(せりふ)を淀(よど)みなく口にする志川は、いたって自然だった。さすがいつも猫かぶりが完璧なだけあって、演技は上手いらしい。

『今日はいつもより早く上がれる日なんです。千佳ちゃんは電車で帰るんですよね?』

『そうですよ』

『ご自宅はどの辺ですか? 良かったら途中までで送っていきますよ』

『え、でも新町(しんまち)なので結構遠いし、大丈夫ですよ』

かかった。松永は完全に今、桧原さんもどきに照準を定めたはずだ。

ちなみに桧原さんの最寄り駅は聞いていたが、あえて違う駅名を出しておいた。

桧原さんの姿になった志川で松永を釣り上げるのはいいとして、そこにもし本物の桧原さんが来てしまってはややこしいことになる。

昨日の時点で今日は夕方まで予定があると桧原さん本人には聞いていたが、それでも念には念を入れておく。

『新町なら、僕の家からもそう離れていないですし、遠慮しないで下さい』

松永はとても柔らかい口調だし、言葉遣いも丁寧だ。だけど、今は妙な迫力があって、断りづらいような感じがする。これまでの六人は無理やり連れ去られたのではないかと思っていたが、もしかしたら違うのかもしれないとすら思えた。

『けど、やっぱり悪いですから』

遠慮して二回までは断る、というのが俺の考えた作戦だ。土曜日に犯行に及ぶ犯人なら、完全に拒絶でもない限りこんなおいしい状況を逃すわけはない。

『気にしないで。それに、今日はこれから強い雨になるみたいですよ。見たところ、千佳ちゃんは傘を持っていないですよね？』

『え、雨降るんですか？　それは困ったなあ……』

俺の記憶が正しければ、確か今日は一日中曇りだった気がする。これも先生の方便だろうか。思わず携帯でこれからの天気を調べたくなったが、止めておく。

『なら、家まで送りますよ』

『すみません、いいですか？』

『もちろん。車を回すので、そこの正面出口を出たところで待っていて下さい』

『ありがとうございます』

俺は右手で小さくガッツポーズをした。今のとこ順調に進んでいる。

ワゴンに乗り込む松永を観察していると、薄く笑みが零れているのが分かった。まるで志川のような、嫌な笑みだった。

車が正面出口に向かったところで、後を追うため俺も出発した。変装とまでは行かないがヘルメットにはシールドを付けているし、前方を行く車のバックミラー程度からでは顔を判別することはできないはずだ。あとは、車の通りが少なくなった頃に気を付ける必要があるくらいだろう。

『よろしくお願いします』

松永の車に乗り込んだ志川は、しおらしく挨拶をした。

『そうだ、千佳ちゃん時間は平気?』

『え?　はい、それほど遅くならないなら』

車を発進させた松永の問いに、志川はそつなく答える。思い付く限りの会話パターンを考えておいたが、想定外の話題も志川のアドリブでなんとかなると信じたい。

『なら、美味しいパスタを出すイタリアンがあるんだけど、良かったら今から一緒に食べに行ってくれませんか?　男一人では入りづらい雰囲気で、なかなか行けないんです』

『私、パスタ大好きです』

入学前にリサーチのために買ったファッション雑誌によると、パスタは女子に人気があるらしい。そんなパスタを出してくるとは、さすが松永だと感心してしまう。しかも誘い方も押し付けがましくない。俺も見習いたいと思うものの、美形と同じことを言っても成功しないだろう。それに俺は、オシャレなパスタよりもラーメンの方が好きだ。

『良かった。じゃあ、ちょっと新町とは方向が違うけど、行きましょう』

『はい』

志川の声が僅かに弾んでいる気がするが、まさか本当に食べられると思っているわけではないだろうな。

『どんなパスタがあるんですか?』

『生パスタを出すお店でね、フェットチーネが美味しいんですよ。ソースはクリーム系もトマト系も絶品です。メニューも多いし、きっと気に入ると思います』

『わあ、楽しみ。私、スパゲティよりもフェットチーネの方が好きなんです』

今のは完全に志川の好みを言ったに違いない。

『僕もです。パスタにソースが良く絡むのがいいですよね』

『そうそう! 松永先生、分かってますね』

『そこはドルチェも美味しいので、是非食べて下さい』

さっきから、フェットチーネとかドルチェってなんだ。グルメ上級者の使う言葉はよく分からない。ファッション用語でさえ最近少しずつ覚えてきた程度の俺にとっては、高次元の言葉に聞こえる。

『え! 何があるんですか?』

『ティラミスはもちろん、プディングとか、ブリュレもありますよ』

『聞いているだけで美味しそうですね』

　どうでもいい会話を聞きながら、俺は松永の車に付いていく。向かっている方向は、志川が印を付けたここ二件の殺害現場と同じだった。もしかして、あの二人も同じようにパスタの話であの場まで連れていったのだろうか。

『そのレストラン、もしかして山の方にあるんですか？　こっから先ってそんな感じですよね？』

　志川も同じようなことを考えたのか、それとも俺に聞かせようとしたのかは分からないが、なかなかいい質問だと思った。

『ええ、ちょっと隠れ家的な感じなんですよ』

『隠れ家！　素敵ですね』

　嘘だと分かっていても、真実なのではと思ってしまうくらい彼の言葉には迷いがない。こういう才能があるからこそ、女性を簡単に誘い込めたんだろう。考えると腹が立ってくるが、今は冷静さを保たなくてはいけない。

　住宅街から山の方へ進むにつれ、車の通りは少なくなってきた。幸いだったのはまだ日没まで時間があることだ。これが夜だと、ヘッドライトで追跡がばれてしまう可能性がある。ある程度離れても場所は分かるから、どちらにしろ少し距離を空けるに越したことはない。大体、二〇〇メートルほど空けて俺は後を追う。

今回使っているGPSを利用した発信機は、携帯のアプリと連動させることができるおかげで、携帯さえあれば特殊なモニターなども必要ない。今俺の片耳には盗聴用のイヤホン、反対には携帯のイヤホンがあり、携帯のイヤホンからは発信機のナビが流れている。一体どういう時にこんな道具を使うのか気になるが、多分父親は使うためよりも、どんな構造や仕様なのか知りたかったから購入したのだろう。

『今って東川駅くらいですよね？　こんなところにあるなんて、知る人ぞ知るお店なんですね』

『そうですね』

東川駅は四ツ橋駅から下り電車で二十分くらいの駅だ。少しずつ開発されているものの、まだまだ畑や自然の多い区域で、俺にとってはあまり馴染みのない場所だ。

心なしか、松永の車が速度を上げ始めた。目的地が近くなり、気が逸っているのかもしれない。周囲はいかにも郊外という感じで道路の両脇には木々が増え、普通にツーリングとして来ていたらさぞ爽やかな道だったことだろう。

『先生、どうかしたんですか？』

『すみません、ちょっと迷ったみたいで。もしかして一本道を間違えたかもしれません。地図を確認しますね』

会話から、車が停止したのだと気付いた。俺も慌ててバイクを停止させた。ここは大石さん達の殺害現場よりはまだ手前で、確かに人気は少ないが割と駅も近いし、畑や田んぼ、それに民家だってそれほど離れていない。

松永の考えが読めなくて、気持ちは焦る。だけど、車内にいるのはあくまでも志川だということが、俺に冷静さを失わせないでくれている。ゆっくりヘルメットを脱いで、一つ深呼吸をした。

『ねえ、千佳ちゃん』

『はい』

『千佳ちゃんは、本当に素敵な子ですよね』

『え?』

『特に瞳はきらきら輝いていて、吸い込まれそうになる』

『そんなこと言われたの初めてですよ』

志川が軽く笑いながら返すのを聞きながら携帯を操作し、俺は車に向かって走り出した。

『初めて見た時から、すごく印象的だった。僕の心を浄化してくれるんじゃないかって、その瞳を見ていられたら、汚い自分がまた綺麗になれるんじゃないかって……』

『先生? あの、放して下さい』

どういう状況になっているのかはっきり分からないが、手でも掴まれているのかもしれない。

『本当はね、千佳ちゃんはそのまま近くに置いておこうって思ったんだ。そうしたら、永遠にその目で見つめてもらえるから。それに……君ならきっと、本当の僕ですら受け入れてくれるって直感もあったんだ。でも、どんなに近付こうとしても、君は全然僕を見てくれないんだね。まるで君の心に、もう誰かいるみたいだ。だったら、それなら、君も皆と一緒にしてしまおうって決めたんだよ。だから、千佳ちゃんが悪いんだよ？』

『何、言って……痛ッ』

『大丈夫、痛いのはもうお仕舞い。もう少ししたら、痛みなんてなくなるからね。そうしたら、千佳ちゃんの一番素敵なもの頂戴（ちょうだい）ね』

柔らかい口調なのに、全身に悪寒が襲ってくる。松永は、完全に狂ってる人間だというのがイヤホン越しにも伝わってきた。

『何……体が……』

『うん、動かないよね。これは僕が筋肉弛緩剤（しかんざい）と麻酔を調合したものなんだ。体は動かないし、痛覚もなくなるけど、意識はちゃんとあるんだ。凄いだろう？　君には、これから何をされるのかちゃんと認識してて欲しいんだよ』

ずるずると何かを引きずる音がする。多分、志川を後部座席に移動させたんだろう。

車まであと数十メートル。俺は姿勢を低くし、歩道から回り込むように近付いていく。

『きっと千佳ちゃんの瞳は、特別だよ。いつまでも輝いているはずだよ』

松永の昂ぶった声がする後ろで、カチャカチャという金属音がする。大石さん達の記憶の中で聞いたのと同じ音に気分が悪くなってきたが、考えないようにした。車の横にしゃがみながら張り付くと、イヤホン越しと重なるようにして金属音が聞こえてきた。

普通なら、車に近付いたところでドアやリアハッチにはロックがかかっていて、開けられるはずはない。だけど、志川を使えば別だ。

俺は数回深呼吸をして、勢いよく立ち上がった。

リアハッチのハンドルに手をかけ、一気に引き上げる。

「……は？」

車内には座席に拘束されている桧原さんもどきと、唖然とする松永がいた。白いゴム手袋をはめた彼の手には開瞼器があった。

「佐東くん？　なぜ……」

その言葉が終わる前に、俺は思いっ切り松永の頬を殴り付けた。人を本気で殴ったのなんて初めてだったけど、当たりは悪くなかったようだ。車内で体勢を崩し、松永は倒れ込んだ。

「なぜとか、どうでもいいんだよ！」

怒鳴りながら、倒れている松永に体当たりをする。馬乗り状態になった俺は松永の腕を取り、捻るようにして押さえ込んだ。

予定通り、不意打ちは成功だ。このままどうにか拘束して、あとは警察に引き渡せばいい。

「証拠はいっぱいある。もう終わりだ」

「くそっ！」

努めて冷静に言い放つと、松永は悪態をつきながら俺の体の下で激しく暴れ出した。ネットで検索して見様見真似だった押さえ込みは簡単に解け、相手の左拳が俺の頬を直撃した。感じたことのない衝撃に、目の前がちかちかとした。

その隙に松永は俺を突き飛ばす。車から落ちそうになり、咄嗟に車体を掴んで体を起こそうとした。しかし、そこへ松永が注射器のような物を握り締めて襲いかかってくる。

「邪魔しやがって！」

あれに刺されたら、確実にやばい――咄嗟に判断した俺は、あえて車から落ちることを選択した。勢いづいていた松永も転げ落ちそうになっていたが、苦し紛れに放った俺の右脚蹴りで後ろに跳ねのけることに成功した。

松永はなおも俺に注射針を刺そうと飛びかかってくる。必死の形相は、これまでの彼に見たことのないものだった。追い詰められると人間はこんな顔をするんだと、どこかで冷静に考える自分がいた。

針を避けるため俺が横に転がると、バランスを崩した松永は地面に転がり落ちた。尻をついたまま、注射器を握る松永の右手に向かって思い切り左踵を落とし込む。起き上がろうとする相手の頭を右脚で蹴ってから、地面に転がった注射器を左踵で何度も踏み付けると、針が曲がるのが見えた。これならもう、刺すことはできないはずだ。

しかし安心するのはまだ早い。俺の目的はあくまでも犯人の拘束、そして警察への引渡しだ。

松永と俺が立ち上がったのはほぼ同時だった。

間髪入れず、相手の右拳が俺の顔に向かって伸びてくる。綺麗に避けてカウンターを放つ、というのがもちろん理想だが、喧嘩慣れしていない俺にできるはずもない。器用なパンチを放てないなら、全身を使う方がいい。俺は両腕で顔をきっちり守りながら前のめりになり、松永に向かって突進した。

完全に予想外でも、相手は今更軌道は変えられない。僅かに目を見開きながら俺の腕に右拳を叩き込むほかなかったようだ。左腕に衝撃が伝わってくるが、耐えられないような痛みではない。俺は構わずに体当たりを仕かけた。

両腕を前に突き出して松永の腰を掴み、その勢いのまま転倒させる。だが余裕があったのか、松永は軽い受身を取っていた。

馬乗りになりたかったが、すぐに腹に向かって松永の膝が放たれた。無防備だった俺の腹に衝撃が走り、思わず背中を丸める。その隙を見逃してくれるような優しい相手ではない。松永は上半身を軽く起こして、俺の顔面に右拳を叩き込んだ。

視界が歪み、俺の上半身は後ろに仰け反った。そこへ更に追い討ちをかけるように相手の足が腹に入った。

「こうなったらお前もぶっ殺してやる！」

なんて物騒な言葉だと思ったが、松永の形相から本気さが伝わってくる。正直、リーチだけでなく力も松永の方が上だ。このままでは返り討ちに遭ってもおかしくなかった。だけど俺だって引く気はない。ここで引いたらまた被害者が出てしまう恐れがある。そんなのごめんだ。それにどんなに松永が凄んだところで、どうせ俺は今死なない。

「やれるもんなら、やってみろ！」

腹の底から叫んで素早く起き上がると、俺はすでに立ち上がっていた松永に右手を放った。頬に飛んでくると思っていたようだが、狙いは顎だ。力の限り掌底（しょうてい）を叩き込み、ついでに再び体当たりをしてやった。

もつれるようにして二人とも再度地面に倒れ込んだ、その時だった。少し離れた場所から聞こえてきたのは、パトカーのサイレンだ。

「お前っ……」

俺が呼んでいたのだとすぐに勘付いたのか、松永が忌々しそうな顔をしてからもの凄い力で俺を突き飛ばした。火事場の馬鹿力だったのか、勢いで俺は地面の上を何度か回転していく。

その間に立ち上がった松永が、走り出した。

「くそ、待て！」

慌てて俺も起き上がると、体中の痛みに耐えながら後を追う。

松永が一心に走っていく後ろ姿をとにかく必死で追いかけた。人ごみに紛れたかったのか、それとも電車に乗ってしまおうと思ったのか、彼が向かっている方向には東川駅がある。高い建物があまりないせいで、駅はもう視界に入っている。

松永は予想以上に速かった。

だけど俺の中学時代の部活は陸上部。しかも中距離走者だったわけで、今もたまにジョギングをして体力だけは保っている。その上バイクに乗る時は革靴がほとんどのところを、今日はちゃんと走る用のスニーカー装備だ。

あちらがどれほど鍛(きた)えているか知らないが、それでも先ほどから目に見えて距離は縮まっていた。このまま行けば駅前の大通りに出るまでには、確実に捕獲できる。

確信を得た俺の視線の先、松永よりも更に先の曲がり角に、ここ最近見慣れた人物の姿を発見した。

この二週間足らずで親切にしてもらって、連絡先を交換して、一緒にコーヒーを飲んだあの子が、今ここにいるはずのない桧原さんがそこにいた。

もしかして志川かと思ったが、志川は元の姿に戻って俺の後を付いてきているはずだ。仮に先回りをしていたって、もう桧原さんの姿になる必要はない。

俺の視線の先にいる彼女は本物なのだろうか。混乱する頭で考えても分かるわけがなかった。

「桧原さん、逃げて！」

混乱したまま、俺は無意識に叫んでいた。

桧原さんは突然名前を呼ばれ、声の出所を探すように周囲を見回した。

「ああ……、こんなところにいたんだね！」

俺の前を走る松永が不気味な声で笑い出した。そして、走りながら、ポケットから何か光る物体を取り出した。

「志保、これからはずっと一緒だ……もう、どこにも行かせない」

非常にまずいことに、松永は視線の先にいるのが自分の獲物だと認識してしまっているようだ。取り出した折りたたみ式の刃物を手に、桧原さんに向かって突進していく。

あともう少し、もう少しで松永の服を掴める。

「桧原さん、逃げて！」

二度目の俺の声でようやく迫り来る男に気が付いたのか、桧原さんがこちらに体を向ける。驚いたような顔をして、その場で立ち竦んだように見えた。

くそ、間に合え。

必死の思いで俺は右手を前に伸ばした。

指先に松永の服が触れたその刹那(せつな)——俺の視線が突然下がっていくのを感じた。

どこかで冷静に、自分が今躓(つまず)いたのだと理解した。

俺の体は勢いよく地面に転がっていく。

「君さえいれば、僕は！」

気味の悪い笑いが混じった声で叫んで、松永は桧原さんに向かってナイフを持つ腕を伸ばした。

「止めろおおおおっ！」

俺が力の限り叫んだ、その瞬間——松永の体が綺麗に弧を描きながら宙を舞っていた。

動きがあまりにも自然すぎて、理解するのに時間がかかった。だけど、桧原さんは松永の腕を掴み、回転させるようにして地面に叩き付けたようだった。柔道、いや、合気道のようなものかもしれない。

気が付けば松永は地面と熱い抱擁(ほうよう)を交わしていた。

俺が呆気に取られながらも立ち上がる目の前で、桧原さんは松永の手に握られている物を確認すると容赦なく踏み付け、地面に落ちたナイフを手の届かない場所まで蹴り飛ばした。

あの可愛らしい見た目のままで表情を全く変えることも、躊躇することもなくここまでやれるとは……。強面（こわもて）の、マサおじさんのような人間がやるよりもよほど衝撃的だ。ある種、畏怖（いふ）に似た感情が俺の中で湧き上がってくる。

「佐東くん、何があったの？」

松永の左腕を少し無理のある方向に曲げて足と体重で押さえ込みながら、桧原さんが不思議そうな顔で、近付いて来る俺を見た。

「え……えっと……」

何があったのか、正直俺の方が聞きたい衝動に駆られる。いや、というより彼女が本物かどうかを確かめたくなる。

「トシ！」

微妙な空気が流れる中、よく知った声が俺の耳に届いた。振り返ると、熊のようなマサおじさんが必死の形相でこちらに向かって駆けてきている。

「ごめん桧原さん、ちょっと話合わせて」

慌てて桧原さんに耳打ちしてから、念のため俺も先ほどから動かない松永に体重をかけた。

今日は親戚の家に出かけると言っていたはずの桧原さんがなぜここにいるのかという疑問は消えないが、これだけ近くに居れば彼女が本物であることは分かる。だっていくら桧原さんに化けようと、志川の持つあの空気は変わらないのだ。

マサおじさんに顔を向け直した俺の横で、彼女が小さく頷くのが見えた。

「トシ、無事か！」

「うん、なんとか」

マサおじさんの低い声で意識を取り戻したかのように、俺達の下で松永がじたばたともがき出した。

「代われ、もう大丈夫だ」

「うん」

桧原さんと俺が退いた途端に松永は起き上がろうとしたが、マサおじさんに敵うはずもない。

「松永宏史、殺人未遂の容疑で現行犯逮捕する」

抵抗むなしく、すぐに後ろ手に手錠がかけられた。

マサおじさんはそのまま無線で応援を呼んでから、俺達二人へ視線を向けた。

「とりあえず、詳しい話は近くの署で聞くぞ」

参考人として覆面パトカーに乗るというまたとない機会を、俺はバイクを理由に断らざるを得なかった。桧原さんだけ乗るかと思いきや、一人は心細いという理由でやはり断っていた。

ならどうなったかと言うと、いつもヘルメットホルダーに飾りのつもりで付けていたハーフヘルメットがまさかの出番だった。これまでも高梁を筆頭に何人か友人を乗せたことはあるが、女子を乗せるのは初めてだ。

「バイクかっこいいね！」

桧原さんが俺の後ろから大きな声で言った。

「ありがとう」

「私乗ったの初めて！」

そう言う彼女の声は弾んでいて、なんだか嬉しくなった。

俺達を先導しているのは、もちろんマサおじさんを乗せた覆面パトカーだ。松永はもう一台の普通のパトカーに乗せられている。

「ねえ、警察署で私なんて言えばいいの？」

尋ねられて、俺は思わず唸り声を上げていた。一体何をどう説明すれば納得してもらえるのか、正直分からない。だけど、納得してもらうよりも先に、今からある事情聴取に備えなくてはいけない。ほとんど俺が話すっていっても、限度がある。

信号で停止した際に、俺は意を決して彼女を振り返った。

「桧原さんは大学病院前で松永先生に会って、半ば無理やり車に乗せられたって言ってもらっていい？」

「え？　私が松永先生に？」

「うん。ちょっと色々事情があって……必ず、後で説明するから、今は合わせて欲しい」

驚いていた桧原さんだったが、俺の真剣さが通じたのかすぐに頷いてくれた。

「分かった。他にはある？」

こんなあっさり了承してくれるとは、桧原さんはなんて心が広いんだろう。

「車が止まったら襲われたけど、抵抗してたら俺が来た……って感じでお願いします」

「うん、了解。あとは気が動転してたから覚えていないとか言えばいいかな？」

「とても素晴らしいです」

俺の言葉に桧原さんが声を上げて笑ったところで、信号が青に変わった。

俺とマサおじさんの覆面パトカーだけが信号に引っかかった関係で、すでに松永を乗せたパトカーの姿は見えない。先に警察署へ行っているのだろう。

この辺りには詳しくないので最寄りの警察署はどの辺かと考えているうちに、大きな建物が目に入った。移動を始めてから、十分もしなかったと思う。

警察官に案内されるままにバイクを停めて、俺と桧原さんはマサおじさんに続いて警察署内へと足を踏み入れた。連続殺人犯が逮捕されたとあって、署内の空気は張り詰めているようだった。

俺達が案内されたのは取調室ではなく、ソファもある応接室のような場所だ。これはマサおじさんの関係者だからこそ、というのは俺でも分かる。聴取を行うのも、マサおじさんともう一人の刑事の二人だけのようだ。

黒革のソファの座り心地に少し緊張しながらも、話を切り出されるのを待った。

「お前から連絡をもらった時は、本当に驚いたぞ」

「ごめん。一一〇番すべきだったのかもしれないけど、咄嗟に頭回らなくて」

「いや、頼ってくれるのは構わないが、まさか相手が連続殺人事件の容疑者とはな……」

志川扮する桧原さんが松永の車に乗った際、俺はまず友達が無理やり連れて行かれたかもしれないとマサおじさんにメールを入れた。信号などで止まるたびに現在地を連絡し、車が止まってからはいよいよSOSのメールをしてから、松永へと突撃した。だからこそ、あの程度の時間で警察が来てくれたのだ。

「やっぱり、あの連続殺人に関係してたの？」

しれっと尋ねると、マサおじさんは「ここだけの話だ」と言ってから小さく頷いた。

「あの車を調べていた鑑識からさっき連絡があった。まだ確定はできないが、可能性はかなり高い。これから取り調べや家宅捜索で判明するはずだ」

あまり顔には出さないように注意しながらも、俺は心から安堵していた。あの車を調べるだけでも証拠はたくさん出てくると思う。その上家まで捜索するなら、松永が犯人として逮捕されるのは時間の問題だ。

これでもう、生きたまま眼球を抉られる被害者は出てこない。

「だいたいはメールで分かってるが、もう少し詳しく聞かせてもらうぞ」

「うん」

マサおじさんが相手というのは、やりやすいようでやりにくい。気心が知れているからこそ、うっかり余計なことを話さないように気を付けないといけない。

俺は気を引き締めて事情聴取へと臨んだ。体感的には一時間だったが、後で時計を見てみると二十分程度の時間だった。

その間、救急箱を持ってきた警察官の人が手際良く俺の怪我の手当てをしてくれたが、顔や腕に打撲や擦り傷があったくらいで、大きな怪我はなかった。

十八時半を過ぎようとした頃、マサおじさんが膝を叩いた。

「よし、とりあえずこんなところか。また何かあれば連絡させてもらうが、とりあえず遅くなる前に帰りなさい。特に桧原さんは女の子だからな。トシが送ってやるんだろ？」

「えっ」

「違うのか？　必要なら、誰かに送らせるが」

思いがけないことを聞かれて、俺は激しく動揺した。送ることが嫌なんて微塵も思わないが、ここに来る時は仕方ないとして、家まで送るとか図々しくないだろうか。

「佐東くんに送ってもらうので、大丈夫です。ありがとうございます」

桧原さんがあまりにもはっきりと言うので否定する間もなく、俺達はマサおじさんと刑事に挨拶をして、応接室を後にした。

色んな人に見送られながら後ろに桧原さんを乗せて、俺はバイクを発進させた。

「佐東くん、時間大丈夫なら、どっか寄らない？」

「うん、そうだね」

こういうことは早い方がいい。引きのばしたら、俺の性格上確実に逃げたくなる。

「ファミレスとかでいい？」

「うん、どこでも大丈夫だよ」

そうして、一番初めに目に入ったファミレスに入ることになった。

土曜の夜というのもあって、ファミレス内はそれなりに混雑していた。

「そういえば、今日はどうしてあんなところにいたの？　親戚の所に出かけるって言ってたけど、もしかして東川に用だった？」

「え？」

席に案内され、軽めの夕食を注文してから俺が尋ねると、桧原さんは大きく首を傾げた。

「昨日、佐東くんが東川駅に十七時半頃に来れないか聞いてきたんじゃない。細かな場所は後で連絡するからって」

「……え?」

今度は俺が首を傾げる番だった。俺は桧原さんを今回の件から遠ざけたかったのだから、身に覚えなどあるわけがない。

「覚えてないとか言わないでよ? ほら」

そう言って、桧原さんは俺とのやり取りを表示させたライムの画面をこちらに向けた。

そこには『明日、事件のことで話したいから、十七時半に東川駅に来れない? 詳しい場所は後で連絡するよ』とか『今、駅前大通りに向かっているところ。大通り交差点に来れる?』とかいうメッセージが表記されていた。

「え? え? ちょっとごめん」

混乱しながらも半ばひったくるようにしてやり取りを確認すると、それより前は確かに俺が送って、桧原さんから返ってきたやり取りが残っている。一瞬アカウントハックかと思ったが、ここまで詳細だと犯人は一人しかいない。

「……まさか、志川のヤツ……」

「志川?」

心の声がだだ漏れしていたようで、桧原さんが不思議そうに聞き返してきた。

「はーい、呼んだ?」

どう説明すべきか悩んでいると、俺の真横から突然声がした。そしてあの禍々しい空気を放つアイツが平然と座っていた。

唐突に現れた志川を、桧原さんは呆然としながら見つめている。

「呼んでない」

「え、呼んだだろ？　っていうか俺抜きでファミレスとか、酷くねえ？　俺、スペシャルイチゴパフェが食いたい」

「酷くないし、呼んでないし、頼まないし、呼んでない」

半眼になって睨み付けても、志川はどこ吹く風だ。

「ひでえ言い草だな。俺がその女になってやったおかげで、松永を逮捕できたのによ」

「私に、なった……？」

ああ、もう最悪だ。どう説明しようか悩んでいたのも全て無駄になった。

「そうでーす。はじめまして、桧原千佳さん。今回、犯人を追い詰めるに当たってそのお姿、お借りしました。無断拝借だったけど、結果オーライだよな」

俺がどうフォローを入れればいいか必死で考えている横で、志川がぺらぺらと口にした。

「どういう、ことですか？」

少し眉を顰めながら、桧原さんは静かに尋ねる。完全に不信感を抱いているようだが、それも当然だ。姿を借りたなんて言われても、普通理解できるわけない。

「俺、人間じゃねえからどんな姿にもなれんのよ。んで、あんたが犯人に狙われてるって知った利雄が駄々をこねるから、仕方なく手伝ってやったってわけ。つまり、松永の車に乗ったのは俺ってわけ」

駄々をこねた記憶は全くないが、それ以外は事実だ。しかし、桧原さんがこんな話を信じてくれるとは思えない。かといって警察でも桧原さんが車で連れ去られたと言われている以上、誤魔化しようもない。

「特別サービスで一瞬だけ見せてやるぜ、千佳ちゃん」

頭のおかしいヤツだと思われてでも真実を述べるべきかどうかと葛藤する俺の横で、志川はとんでもないことをやらかした。

「ほら、種も仕かけもございませーん」

得意気な声とともに、志川の顔だけが毎朝洗面所で見慣れた——信じたくないが、俺の顔に変わっていた。立体として存在する自分の横顔を眺めるのは生まれて初めてのことだが、正直凄く気持ちが悪い。

いや、そんなことより、誰に見られるかも分からないファミレスでこんなことをやるなんて間違っている。それにさっきから勝手に桧原さんを下の名前で呼ぶとか、お前はどれだけ馴れ馴れしいんだ。

「え、すごい！　佐東くんが二人！」

俺が文句を言う前に、桧原さんから感嘆の声が上がった。

ない。

　そう言う桧原さんは心底納得したようにうんうん頷いている。疑っている様子は微塵も
「なるほど。だから皆、私が車に乗っていたって言うんですね。納得しました」

早業なのは間違いないが、かといってこんなにあっさり信じられるものだろうか。

　彼女の言葉通り、志川の顔はもう戻っていた。特殊メイクや被り物だとしたらあまりに
「特殊メイクでもないですよね。だって、もう戻ってる」

「でも、志川さんって何者？　人間じゃないっていうと、なんだろう……幽霊とか、宇宙人？」

「そんなとこだと思ってもらって構わないぜ」

「構わなくない！　桧原さんも簡単に信じすぎ！　そりゃ、信じてくれた方がいいんだけど、でも信じすぎ！」

　慌てる俺に、桧原さんはきょとんとした顔で小首を傾げた。

「だって、佐東くんが否定しないし、志川さんもそんな悪い人に見えないし」

「いやいやいや、めちゃくちゃ悪いヤツだから！　人でもないヤツを信じちゃ……」

「おお、千佳ちゃんよく分かってんな。見る目あるぜ」

　説得しようとする俺を押しのけて、志川がずいっと桧原さんに顔を近付けた。そして立てた右手の人差し指も彼女に近付ける。

「どうだ？　俺達は今、名探偵を目指しているわけだが、あんたも組まねえか？」

「目指してない！」

「え、名探偵って佐東くんが？　すごい！」

「違う、桧原さん！　騙されちゃだめだ！」

声を弾ませる桧原さんに慌てて否定したが、彼女の目はいつも以上に輝いていた。これ以上俺が何かを言う余地なんて与えてくれないと分かるほど、とてつもなく乗り気だというのが一瞬で伝わってくる。

「俺と一緒に利雄の助手になろうぜ！　千佳ちゃん強いし、面白そうだ」

強いというのは確かだ。さっき松永を投げ飛ばしたあの動きは本当に見事だった。

だけど、それとこれとは別だ。今後も桧原さんを危ない目に遭わせるわけにはいかない。

「あの、桧原さん」

だけど、否定しようとする俺の言葉を遮って彼女の口から出てきたのは、

「はい、喜んで！」

予想通りすぎる答えだった。

今回の事件のいきさつや志川の存在などの簡単な説明から、桧原さんが松永を投げ飛ばしたのはアメリカで習っていた総合護身術の技で、ずっとあちらの道場に通っていたとい

う話までしていたら、時間はあっという間に過ぎ去った。

まだまだ話をしたかったけれど遅くなるし、何より今日はまだ二人とも興奮状態だ。日を改めて話す約束をして、俺達はファミレスを後にした。

桧原さんを家の前まで送ってから帰宅すると、事情はもうマサおじさんから聞いたのか、両親が俺を待っていた。頬に当てられたガーゼを見て、母親が渋い顔をした。

「無事だったから良かったけど、警察に任せられなかったの？」

「見失ったらお仕舞いだと思って……ちゃんと連絡したから、どうにかなるって思った」

「実際どうにかなったんだし、女の子も無事だったっていうし、良かったじゃないか」

母親の小言に、父親が笑いながら庇(かば)ってくれた。

「そうね、その女の子に怪我がなかったっていうから、本当にそれは良かったわ」

「ああ、それに相手は連続殺人犯。大手柄じゃないか」

豪快に笑う父親の横で母親が複雑そうな顔をしたのは、多分犯人が松永だったからだろう。母親にとって、いや俺や父親にとっても、彼は間違いなく良い先生だった。刑事だった父親はともかく、母親にとってはその表の顔と裏の顔の差が受け入れがたいはずだ。

「男の子だし、元刑事のお父さん譲りの血が騒ぐのは仕方ないかもしれないけど、でもあまり無茶はしないのよ？」

「うん、気を付けるよ」

大丈夫だ、首を突っ込むのは今回だけと決めている。俺はただ、眼球を取り出すなんていう胸糞の悪い連続殺人犯を捕まえたかっただけなんだから。

エピローグ

月曜日の朝、俺はいつもより随分と早めに大学に到着していた。というのも、マサおじさんから軽く話をしたいと言われ、桧原さんと一緒に大学で会うことになったからだ。

待ち合わせ場所は現代心理学の講義のある、講義棟二号館の裏口だった。裏は藪になっているせいか、ほとんどこの出入り口を利用する人間はいない。

大学の入り口には何人も報道陣がいて、連続殺人犯がうちの大学出身だったことについてインタビューをしようと必死だった。幸いにも俺はバイク通学だから、捕まることはなかった。

大石さんの遺体は昨日の朝に林道脇で発見された。犯人と被害者のどちらもが勤めていたということもあり、大学病院には大学の入り口にいる報道陣の数よりもっと多い報道陣が詰めかけているかもしれない。

約束の時間よりも少し早めに着くと、そこにはすでに桧原さんがいた。デニムのハーフパンツにギンガムチェックのシャツという格好も、桧原さんには似合っている。

「おはよう、佐東くん」

「おはよう」

「顔の腫れ、結構引いたみたいだね」

桧原さんが俺の頬に手を伸ばす。少しひんやりと冷たくて柔らかい指先が触れた。

「え、う、うん。帰ってからも冷やしたし、今は少し痣になっているくらいかな」

完全なる不意打ちに、俺の頬が熱くなるのが分かった。痣に紛れてばれていませんようにと祈りながらも、冷静を装う。

「待たせたな、お二人さん」

手を上げながら近付いてくるマサおじさんは、相変わらず熊みたいに大きい。俺の前に来るや否や、一瞬だけにやりとした。多分おじさんは一昨日から俺と桧原さんの関係を疑っているのだろう。俺はともかく、桧原さんからしたら迷惑だろうな。

「二人とも元気そうだな。良かった良かった」

豪快に笑って、マサおじさんは俺達の肩を叩いた。

「講義までそう時間があるわけじゃないしな、手短に言うと、松永宏史は連続殺人犯として改めて逮捕されたよ。車内の血痕がこれまでの被害者のものと一致、更に自宅にはこれまでの被害者の身体の一部が保管されていた」

「そっか……」

俺が呟く横で、桧原さんも神妙な顔で小さく頷いた。

「一昨日の件に関しての自供には若干、桧原さんの供述とは異なる部分も多いんだが……」

どきりとした。確かに桧原さんには無理やり車に乗せられたと話してもらったが、実際志川は自発的に乗り込んだし、その他もかなり食い違っている。

「どうやら松永は薬物を使用していたみたいでな、そのせいだろう」

問い詰められるのかと思っていた俺に、マサおじさんは意外なことを口にした。

「薬物？　そんなものを、松永先生が？」

「たいそうなものじゃない。精神安定剤とか、そういう類だ。なんでも最近、不眠を訴えて手に入れたらしいが、学生時代から頻繁に服用していたようだ」

学生時代というと大学辺りからだろうかと考えていると、マサおじさんが小声で続けた。

「その辺りを含めて、今は松永の背景を洗っている最中でな。今のところ分かっている情報だと、松永の家庭は裕福ではあったものの、ヤツは母親から虐待めいたことをされていたようだ。それが一連の犯行の動機にどう繋がっているのか、まだ分かっていないがな」

犯罪者によくある話だ。その点において同情できても、彼がやった罪が軽くなるわけではない。

「ここまでももちろんだが、これからもここだけの話だ」

そこまで言ってマサおじさんは小さく咳払いをした。そして、俺達二人に顔を近付けた。

「模倣犯だと言われた先日のストーカー殺人の被害者、覚えているか？」

「え、うん」

忘れるはずがない。岡野さんの顔や、最期の想いはいつでも思い出せるくらいだ。

事件からそう日も経っていないからか、桧原さんも頷いている。

「その被害者、岡野志保（おかのしほ）は、松永宏史の恋人だったんだ」

俺は息をするのも忘れそうになった。

助けてヒロ——岡野さんの強い想いを思い出す。そういえば松永も桧原さんを志保と呼んでいた。

ヒロや志保というのがそれぞれ恋人を指しているのだろうとは、もちろん考えていた。

だけど、まさか岡野さんと松永が恋人同士だったなんて、思いも寄らなかった。言われてみれば、岡野さんのアパートの前で嗚咽していた後ろ姿は松永だったかもしれない。

「まさか、犯行が突然再開したのは……」

桧原さんの言葉に、マサおじさんは唇を噛み締めながら首を縦に振った。

「そこはまだ取り調べの最中だから、なんとも言えないな」

岡野さんの件は、現在ストーカー殺人事件として扱われている。岡野さんが警察に何度か相談に行ったにもかかわらず未然に防げなかったとして、世間から問題視されているのだ。マサおじさんが直接関係しているわけではないとはいえ、やはり思うところがあるようだ。

「今のところはっきりしているのは、二人が知り合った時期と犯行が止まった時期が一致しているということくらいだ」

おじさんは断定しないが、俺には確信があった。

岡野さんを失うまで、松永は殺人衝動が起こらないくらいに精神的に安定、もしくは満足していた可能性は高い。そして突然失ったからこそ、代理を探していた。

千佳ちゃんはそのまま近くに置いておこうって思ったんだ——松永の言葉を思い出す。

多分、彼は桧原さんをその代理にしようとしていた。岡野さんとはタイプが違うように見えるけど、松永の中では近しい何かを感じたんだろう。

「少しだけ、悲しい話ですね」

俺の気持ちを代弁するかのように、桧原さんが呟いた。彼女も複雑な気持ちを抱いたのだろう。

同情する気持ちが全くないわけではない。だけどどんな理由であれ、松永が六名の女性の命を奪ったのには変わりない。

「とりあえず、トシと桧原さんの名前は出ないようにこっちも気を付けているが、マスコミなんかには気を付けろよ。色々と面白おかしく取り上げられるのは、二人も嫌だろ」

考えてもいなかったことだった。確かに連続殺人犯に狙われつつも生き延びた桧原さんと、犯人逮捕に関わった俺は一部のマスコミにとっては格好のネタだ。

「うん、分かった。色々ありがとう、マサおじさん」

「気にするな。今後また警察から二人に聞きたいことがあれば、全て俺を通すように言ってある。もし警察を名乗る連絡があっても、疑ってかかれよ。それと」

マサおじさんが急に時間を気にし出したかのように腕時計に目を落とした時、誰かが近付いて来る足音が聞こえた。

「丁度いいタイミングだ、教授」

「時間は守る主義なんですよ」

現れたのは桐生教授だった。マサおじさんと桐生教授の組み合わせ自体には驚かないが、この場に現れたことは正直全くの予想外だ。

「なるほど、佐東くんと桧原くんでしたか。あの事件に巻き込まれた学生がいると聞いて、本当に驚きましたよ。けれど、無事で良かった」

教授は人の良さそうな笑みを浮かべた。桧原さんは何度か個人的に話しているから分かるけど、俺の名前まで把握しているのは少し驚きだ。

「実はな、二人のカウンセリングを桐生教授に頼んでいるんだ。ことがことなだけに、スクールカウンセラーなんかには話しにくいだろ？　教授なら口は堅いし、事件のこともよく知っている。それに、二人が教授の部屋に出入りしても違和感ないしな」

　マサおじさんの説明に戸惑っている俺と桧原さんに向かって、桐生教授は口を開いた。

「そんな仰々しいものではありません。少し世間話をしに来るだけでいいんですよ。凶悪犯罪に関わった人間は、誰でも大なり小なり心を消耗するものです。君達二人は心理学に興味があるようですし、なんなら勉強のためという考えでもいいですよ」

　俺と桧原さんは自然と顔を見合わせた。桐生教授との話なら、退屈なはずはない。カウンセリングということに重きをおかなければ、むしろ喜ぶべき待遇かもしれない。

　桧原さんも同じ考えなのか、俺に向かって小さく頷いた。

「じゃあ、その、お願いします」

「お願いします」

　二人で軽く頭を下げると、マサおじさんも桐生教授も安心したように頬を緩めていた。


「よお佐東！」

　心理学が終わって鞄に物をしまっていると、高梁が陽気に声をかけてきた。

「あれ、高梁来てたのか。休みかと思った」

「ああ、ぎりぎりで滑り込んだ。後ろの方の空いてる席で聞いてたわ」

「なるほど」

「んでさ、今日もラーメンどうよ」

「悪い、今日はちょっと」

せっかくのお誘いだが、俺は即答で断りを入れた。

「なんだ、用事でもあんのか。母ちゃんの具合悪いとかか？　大丈夫か？」

眉を下げながら高梁が心配そうに尋ねてくるせいで、俺の良心はとても痛んだ。

「いや、その、先約っていうか……」

いくつもの感情が入り混じってどう説明すべきか口ごもる俺の肩を、誰かが優しく叩く。

「佐東くん、もう行ける？」

振り返った先には、鞄を抱えた桧原さんがいた。

そこで高梁は全てを察したような顔で、俺の脇を小突く。

「なんだよ、心配して損したぜ。そういうことなら邪魔しねえし、また明日な」

多分、高梁は甘酸っぱい何かと勘違いしている。だけど弁明する前に、彼は颯爽と去っていってしまった。後で絶対に誤解を解いておかなくてはと思いつつ、俺は立ち上がった。

「どこ行く？　学食でいいかな？」

「うん、学食にしよう」

微笑む桧原さんに返事をしながら、俺だけに関して言えば誤解ではないなと考えを改める。

大学内で二人並んで歩いていると、すれ違う同じ学部の学生がこちらを見ているような気がした。恐らく、なんで俺みたいなのが桧原さんと歩いているんだ、とか思われているんだろう。大丈夫、俺自身もそう思っている。

「さっきの刑事さんの話を聞いていて思ったんだけど」

小さな声で、桧原さんがそう切り出した。

「もしかしたら松永先生の恋人は、松永先生の犯行を知っていたんじゃないかな」

「え？　岡野さんが……？」

想像もしなかったことだった。付き合った相手が連続殺人犯だと知って、それでもなおかつ傍に居続けられるなんて、俺からしたら考えられない。

「私の勝手な推測だけどね。だけど、そういうところも全部ひっくるめて受け入れてくれる恋人がいたからこそ、犯行が止まったのかなって思ったの」

「受け入れてくれる……」

そこで俺は松永の『君ならきっと本当の僕ですら受け入れてくれるって直感もあったんだ』という言葉を思い出した。あの時は何を言っているのか意味が分からなかったし、深く考えもしなかった。だけど、桧原さんの推測が正しいとしたら、あの言葉にも納得できるような気がした。

「そんな相手を失ったからこそ、松永先生の犯行は再開した瞬間から加速していたってことか」

考えてみれば同じ職場の大石さんを標的にしたことや、職場で会った桧原さんを標的にしたことは、手がかりすら残さなかった去年までの四件とはかけ離れている。それだけ松永の殺人欲求が強まっていたということだろう。

「うん。あれだけの頻度（ひんど）で犯行を重ねるくらいだから、ただ恋人を失うよりも松永先生にとって、もっと大きな喪失だったのかなって思ったの」

「可能性は、あるかもね」

今の俺達にそれを確かめる術（すべ）はない。それに、正直なところ俺はあまり知りたいと思えなかった。犯人に対して同情心を持っていいことなんて、きっと一つもない。

「もちろん、どんな理由があっても松永先生が人として最低な行いをしたことに変わりないけどね」

桧原さんが迷いのない目でそう言った。同じ意見を持っていることが嬉しくもあり、それ以上に安心した俺がいた。

「ねえ、そうだ。佐東くんはいつから私が狙われているかもって思ったの？」

突然尋ねられて思わず足を止めた。

「木曜日に、桧原さんと松永先生が話しているところに割り込んだ時、かな」

桧原さんは真っ直ぐな目で俺を見つめている。理由も求められているのはすぐに分かった。

だからって、どう説明すればいいんだろう。いくら志川のことをすんなり受け入れた彼女とはいえ、俺のあの感覚を伝えて理解してもらえるだろうか。

「上手く言えないんだけど、すごく、嫌な感じがしたんだ。ずっといい人だって思ってた松永先生から異様な執着みたいなのを感じて、気のせいかもって思ったんだけど」

嘘ではない。あの感覚を曖昧に説明すればこんなところだ。

「そっか……私、全然気付かなかったよ。松永先生はお祖母ちゃんを亡くした私を気遣ってくれてるだけだと思ってた」

もしかしたら初めはそうだったのかもしれない。だけど心の支えを失った時、松永先生は桧原さんに特別な感情を持ったんだろう。

「いや、俺も本当に当てずっぽうみたいなもんだし、結局ただの嫉妬……」

危ない。俺は一体何を口走ろうとしているのか。

「え？」

「い、いや、なんでもない。ほら、たまたまだよ。それに、かえって桧原さんを巻き込んで、危ない目にも遭わせて、ごめん」

桧原さんの姿を借りるのを提案したのは俺だ。松永が最後に襲いかかったことだけに関して言えば志川のせいだけど、警察とのやり取りや、今後マスコミから問い合わせがくる可能性は、全部俺のまいた種だ。

「気にしないで。私は全く怪我しなかったし、事情聴取とか興味ある分野だから、逆に楽しかったよ。今後の参考にもなったしね」

「そう言ってもらえて、ちょっと安心した。けど、本当にごめん」

「これからはもう私の意志で巻き込まれに行くから、大丈夫だよ。名探偵の佐東くんの足を引っ張らないように頑張るよ」

名探偵ではないし、探偵を目指す気ももちろんない。俺の事件は今回で終わりであって、今後は全く首を突っ込む気がない。

言わないといけないのに、言葉が出てこない。気になっている女の子からこんな満面の笑みで言われたら、断れる男なんてそうそういないはずだ。むしろ、上手い断り方があるっていうなら、今すぐに教えて欲しい。

「これからもよろしくね、名探偵さん」

「う、うん、よろしく」

無意識的にこう返してしまった俺のことを、きっと誰も責めることはできない。

夕食後の団欒(だんらん)を終えてから、部屋に戻った俺はベッドに寝転がった。

桧原さんにはああ返してしまったものの、このままではまずい。早いところなんとかしないと、志川の思惑通りに物事が進んでしまいそうだ。

だが桧原さんを断るのが難しい以上、志川を追い出すしかない。アイツがいなければ、きっと探偵ごっこも立ち消えになるはずだ。

だけど、その手段が全く思い付かない。どうしたらアイツは我が家から出ていくんだ。

「よお」

頭の上から声が降ってくる。誰かなんて考えるまでもないし、それよりノックもなかったことの方が俺は気になった。

「なんだよ、名探偵さんはまーだお疲れなのか？　体力なさすぎじゃねえ？」

わざわざベッドの上の俺を覗き込んでから、志川は椅子に腰をかけた。いちいち腹の立つヤツだ。

「別に。考えごとしてただけだ」

「なんだ、次の事件についてか？　いいねえ、実は俺も考えてたんだぜ！」

「はあ？　なんで俺がそんなこと考えるんだよ」

「次はよお、もっと探偵っぽくいこうぜ。関係者集めて『この中に犯人はいる！』『犯人はお前だ！』とか、言ってくれよ」

笑うことすらできないほど、悪い冗談だ。そんなの思い切り小説とかドラマとか漫画の世界ではないか。全くもって現実的ではない。

「そんな顔すんなって。どうせお前の人生ろくなもんじゃねえんだ、少しでも楽しんだ方がお得だぜ」

「なんだよ、それ」

コイツは確かに人の寿命は分かるのかもしれない。だけど、俺の一生がどのようなものであるかまで分かっているというのだろうか。

「あれ、俺言ってなかったか、何度も死線をさ迷うって。うん、言った言った。つまりそういうことだ」

「そういうことだって、なんだよ。そもそもお前が関わるから、死線とかそういう話になるんじゃやないのか？」

「ああ、そういう考え方もあるな」

思わず起き上がった俺の顔を見て、志川は口元だけで笑った。その不気味にしてむかつく表情は本当に俺を苛立たせてならない。

「俺は平穏に生きたいんだよ。探偵事務所は継がないし、刑事にもならない。だから、事件と関係したのは今回だけだ。これからはそんなのとは無縁に、平凡で平和な日常を過ごすんだ。小説や漫画の中の名探偵になる気なんて微塵もないからな」

「平穏？　そりゃ、お前には無理だ」

「な、なんでだよ」

あまりにもきっぱりと即答されて、俺は怯んだ。ここまで明言されると、本当にそうなのではないかなんて疑問が浮かんできてしまう。

人の気も知らないで——いや、もしかして分かった上で、志川は相変わらずむかつく表情でこちらを見ている。

「だって、利雄の人生はしょっぱいからよ」

「前にも言ってたけど、そのしょっぱいってなんだよ。俺の人生は食べ物じゃない」

「お前の人生と食い物を比較すんな。食い物に失礼だろうが」

答えになっていない上に、なんで少し切れ気味なんだよ。

「とはいえ、しょっぱいばかりだと飽きるだろうからな、俺が気を利かせて甘さを入れてやったんだぜ。もっとちゃんと感謝しろよ」

「甘さ？　また味の話かよ」

わけの分からないたとえに聞き返すと、志川がわざとらしく指を立てて突き出した。

「桧原千佳。お前、かなりあの女のこと気になってんだろ？　だから土曜日に俺が引き込んでやったんだぜ。まあ、あちらさんも乗り気みたいだし？　良かったな、利雄！」

やっぱり桧原さんに呼び出しメールを送ったり勧誘したのは、今後俺を更に動かしやすくするためか。考えなくても分かっていたが、実際に言葉にされると腹が立って仕方がない。

「それに、言うつもりはなかったんだけどよ、いつまでもうじうじしているお前にいいことを教えてやるよ。まあ、事件解決のご褒美みたいなもんだな」

にやけた顔を向けられたが、どうせろくなことは言わないつもりだろう。

「どっちの事件でも犯人がきっちり捕まったことで、殺されたヤツらの気が少しは晴れたみたいだぜ」

聞き流すつもりが、思わぬ一言に俺は目を見開いて志川を見つめた。

「お前に感謝、とまでは言わないけどよ。溜飲は下がったみたいだな」

本当なのかと聞きたくても、声が出てこない。

あくまでも俺が動いたのは自己満足で、偽善的な行動だった。少しは被害者達が救われればいいと心のどこかで考えていたけど、そんなことを確かめられるはずもないと思っていた。

だけど、そうか。

無意味じゃなかったんだ。後悔しそうになったりもしたけど、それでも行動して良かった。今は心の底からそう思う。

志川に教えられたのは癪だけど、やっぱり嬉しい──そう考えた俺の視界が僅かにぼやけてきた。誤魔化すように、俺は慌てて目尻を拭う。

「なんだ、感動のあまり泣きそうなのか？」

「別に」

茶化されたおかげで、すっかり涙は引っ込んでくれた。

「相変わらずしょっぱいヤツだな。けど、俺が追加してやった甘さ、それから利雄の持ち味のしょっぱさがあれば、名前にぴったりな人生が送れるな。感謝してくれよ」

「はあ？」

「佐東利雄、さとうとしお。つまり、砂糖と塩。ほらな、甘いのとしょっぱいの、だろ」

本当に呆れて言葉も出てこない。

なんという短絡的思考だろうか。人の名前を馬鹿にしきっている。今すぐ全国のサトウトシオさんに謝れ。

「でも残念だよな。今後の分量から言ったら『塩と砂糖』の方がしっくりくるぜ。何度でも言うが、お前の人生は絶対に甘くねえから。甘さ控えめっていうより、極微糖だぜ」

「駄洒落(だじゃれ)みたいに人の人生を決め付けるな」

「決め付けるも何も、俺は事実を教えてやってるだけだぜ？　けど、安心しろよ。その代わり塩分は多いぜ！　しっかりと味のある人生、悪くねえよ、多分」

「そんな味付けいるか！」

言いながら、俺は思い切り志川の顔を殴り付けた。松永を殴り付けたのを入れても、誰かを殴りたいと思って実行したのはこれで二度目だ。

しかし、まるで空を切っただけの感覚しか拳には感じられなかった。志川の姿は目の前にあるのに、拳は完全にすり抜けている。なんだこれ、すごく気持ちが悪い。

「相棒一号にあんまり酷いことすんなよ。仲良くしてこうぜ。これからのご活躍を期待していますよ、名探偵さん！」

「名探偵じゃないし、お前は相棒でもない！」

俺の叫びもむなしく、志川は相変わらず薄ら笑いを浮かべている。

「ところで、今日の夕飯はビーフストロガノフがいいんだが、どうだ？」

「知るか！」

小学生の頃から夢見ていた平穏な人生計画は、一体どこへ吹き飛んでしまったのだろうか——思いながら、俺は志川に向かって大声で叫んでいた。

了

SH-008

そこまで塩分(えんぶん)いりません

2016年11月25日　第一刷発行

著者　横田(よこた)アサヒ

発行者　日向晶

編集　株式会社メディアソフト
〒110-0016
東京都台東区台東4-27-5
TEL：03-5688-3510（代表）/ FAX：03-5688-3512
http://www.media-soft.biz/

発行　株式会社三交社
〒110-0016
東京都台東区台東4-20-9　大仙柴田ビル2階
TEL：03-5826-4424 / FAX：03-5826-4425
http://www.sanko-sha.com/

印刷　中央精版印刷株式会社

カバーデザイン　大岡喜直（next door design）

組版　松元千春

編集者　長谷川三希子（株式会社メディアソフト）
川武當志乃（株式会社メディアソフト）

ISBN 978-4-87919-185-4

SKYHIGH文庫公式サイト　◀著者＆イラストレーターあとがき公開中！
http://skyhigh.media-soft.jp/